KB069437

나는
웃어이
설렌다

나는 오십이 설렌다

초 판 1쇄 2023년 09월 11일

지은이 김주애
펴낸이 류종렬

펴낸곳 미다스북스
본부장 임종익
편집장 이다경
책임진행 김가영, 신은서, 박유진, 윤가희, 정보미

등록 2001년 3월 21일 제2001-000040호
주소 서울시 마포구 양화로 133 서교타워 711호
전화 02) 322-7802~3
팩스 02) 6007-1845
블로그 http://blog.naver.com/midasbooks
전자주소 midasbooks@hanmail.net
페이스북 https://www.facebook.com/midasbooks425
인스타그램 https://www.instagram/midasbooks

© 김주애, 미다스북스 2023, *Printed in Korea*.

ISBN 979-11-6910-323-7 03810

값 16,800원

미다색북스는 다음세대에게 필요한 지혜와 교양을 생각합니다.

마흔의 끝에서 흔들리는 당신에게

나는
오늘이
설렌다

김주애 지음

지금까지 살아오느라 수고한 당신, 조금 더 이기적으로 살아도 좋다

미다스북스

프롤로그

모두 비슷하게 흔들리고 있는 우리

제목부터 시선을 끄는 〈나의 문어 선생님〉이라는 다큐멘터리가 있다. 고래나 상어도 아니고 웬 문어, 문어와는 어울리지 않는 선생님이라는 단어도 호기심을 자극했다. 해양생물 다큐인가 하는 마음으로 시작했다가 앉은 자리에서 끝까지 봤다.

대서양 앞바다 깊은 바다 속이 배경이다. 주인공이 문어 한 마리를 만나기 위해 매일 다이빙해서 일 년 동안 관찰하며 지켜본다. 자신에게 특별한 문어가 상어한테 공격당해도 생태계를 교란하는 짓이라는 생각으로 대자연에 간섭하지 않는다. 문어는 천적으로부터 알을 지키기 위해 깊은 굴속에 알들을 숨기고 서서히 힘이 빠지다가 부화하는 날에 맞춰 죽음을 맞이한다. 문어로부터 자연에 대한 경외감, 지구상의 모든 생명에 대한 소중함, 모든 생명이 누려야 하는 삶의 가치를 배운다.

야생동물의 삶은 매우 유약하다는 것을 이해함으로써 우리 인간 역시 매우 유약한 존재라는 사실을 알려준다. 자연을 바라보는 관점이 달라지며 더불어 삶을 바라보는 가치관도 확장된다. 우리도 다른 생물들과 다를 바 없이 지구에 왔다 가는 한낱 생물에 불과하다는 사실을 깨우치게 해준다. 다큐멘터리 한 편으로 마음의 치유가 충분하다.

자연의 생물들을 보면 여러 가지 방법으로 보호 장치를 하고 살아간다. 천적으로부터 나를 지켜줄 수 있는 보호색이라든지 상어의 공격을 받은 문어가 조개로 온몸을 감싸고 돌멩이같이 보이도록 위장하는 것처럼 말이다. 인간도 다르지 않다. 사회생활을 하다 보면 내가 원하든 원치 않든 나를 보호할 갑옷을 장착한다. 연한 속살을 감추고 센 척하거나, 적당한 무시나 가깝지도 멀지도 않은 적정거리 유지와 같은 방법으로 보호막을 치고 산다.

그러다 무장해제 되는 순간이 있다. 온전한 나로 돌아오는 시간. 긴장했던 몸에서 힘이 빠지고 마음도 느즈러진다. 연하고 맨질맨질한 속살을 드러내고 있어도 편안하기만 하다. 휴직하는 동안 그 시간을 오롯이 즐기면서 온전한 나를 만나고 내가 약하다는 사실을 인정했다. 먼 길을 돌아왔다. 한없이 약한 존재라는 사실을 인정하고 나니 조금 더 성장한 느낌이다.

내가 가고 싶었던 길이 어느 쪽이었는지 모른 채 살아왔다는 사실을 깨닫고 이제 조금씩 방향을 잡아가는 중이다. 과거에 대한 후회나 억울함은 없다. 과거의 나를 부정하지 않는다. 그때 그 순간의 나도 진실한 나였기 때문이다. 다시 돌아간다고 해도 아마 나는 똑같이 살 것이다. 주저할 것이고 똑같은 선택을 할 것이고 그보다 더 최선을 다하지도 않을 것이다. 딱 그만큼만 하리라는 것을 안다.

꼭 숲속에 들어가 오두막집을 짓고 살아야 자연인이나 소로우처럼 살 수 있는 것이 아님을 알았다. 도시에 살아도 자연으로 눈을 돌리니 아파트 화단의 풀과 나무들이 처음 보듯 새롭게 보이기 시작했고 십 년 가까이 살아도 발견하지 못했던 꽃나무가 눈에 들어왔다. 헬렌 켈러의 자서전을 읽으며 그동안 눈만 뜨고 다녔지 제대로 보지 못하고 살았다는 사실을 알았다. 너무나 당연한 감각이라서 제대로 볼 줄 몰랐다. 마음이 평온하고 열려 있어야 제대로 보이고 느끼는 것을.

어디에 사느냐가 중요한 것이 아니라 어떤 마음으로 사느냐가 중요하다. 앞으로의 삶은 내 모든 감각을 총동원해 세상과 우주를 받아들이고 싶다. 그동안 쌓인 사유가 목구멍까지 차올라 내 이야기를 풀어내고 싶었다. 나만의 이야기일 수도 있지만 어쩌면 많은 중년이 겪고 있을 이야기일지 모른다고 생각했다. 나와 비슷하게 흔들리고 있는 사람들과 공유하고 싶은 마음으로 썼다. 티끌만큼의 도움이라도 된다면 감사하는 마음이다.

1장

마흔의 끝자락,

이대로

괜찮은 걸까

인생의 나침반이
흔들릴 때

삼십 년 정도밖에 살지 않은 기분인데 오십이 됐다. 오십이라는 숫자가 허수로 느껴진다. 직장 다니며 아이들 키우는 동안 정신없이 살았던 이십여 년이 어디론가 훅 증발한 것만 같다.

그리스 신화에 나오는 시시포스가 굴러떨어지는 돌을 영원히 밀어 올리는 형벌을 받았듯 내 모습이 시시포스의 그것처럼 보일 때가 가끔 있다. 시시포스는 이런저런 죄를 지어 벌을 받았다지만 '나는 왜 이렇게 살고 있는 걸까?' 하는 생각이 밀려올 때가 있다. 어려서부터 어른들 말씀 잘 듣고 권유하는 방향에 순응하며 순종적인 삶을 살아왔다는 것이 잘못이었을까. 과거에 나에게 주어졌던 조건이나 상황을 탓하고 싶은 마음은 없다. 하고 싶지 않은 일을 억지로 한 것도 아니었다. 정말 내가 하고 싶은 일이 있었다면 무슨 수를 써서라도 했어야 했고, 하고 싶지 않았다면 어떻게 해서라도 하지 않았어야 했다. 인생을 돌아보면 모든 순간이 나였다. 과거의 모든 선택은 내가 한 것이었고 그것들이 현재의 나를 만들었으니까 말이다.

지천명이라는 오십이 됐어도 하늘의 뜻을 알기는커녕 여전히 미흡한 오십이다. 진로상담이 십 대들에게만 필요한 것이 아니다. 인생의 갈피를 잡지 못하는 중년들에게도 진로상담이 얼마나 절실히 필요한지 느낀다. 나이는 숫자에 불과하다지만 앞자리가 바뀌어 오십이 되고 보니 사십 대에는 막연하게만 느껴지던 것들이 조금 더 가까워진 느낌이다. 그럴 때면 친구나 지인을 만나 서로의 고민을 나누고 위로를 주고받으며 '다들 고만고만하게 사는구나!' 하는 자조 섞인 결론을 내리곤 한다. 그리고는 일상으로 돌아가 나에게 주어진 시시포스의 돌을 운명으로 받아들이며 살아가려고 해본다.

어떤 이들은 나에게 그런다. "뭐가 걱정이야. 교사로 퇴직하면 연금도 나오는 데 편하게 여행이나 다니면서 살면 되지." 그런데 나는 노년을 그렇게 보내고 싶지는 않다. 나도 여행을 정말 좋아한다. 하지만 여행의 기쁨이란 일상을 열심히 살다가 떠나야 여행의 참맛이 느껴지는 것이지,

퇴직을 하고 넘쳐나는 여유 속에서 떠나는 여행이 처음 몇 번은 좋을지 몰라도 언제까지 즐겁기만 할까.

한번은 누적 수강생 850만 명 이상의 누가 봐도 성공한 유명 일타 강사가 고민 상담 프로그램에 나와 이야기하는 것을 본 적이 있다. 서른 살 초반에 강의를 시작해 눈코 뜰 새 없이 강의 준비만 하다 보니 40대 중반이 됐는데 인생 중간이 텅 비어버린 느낌이 든다는 것이다. 사람들은 자신을 대단하고 행복하리라고 생각하겠지만 본인이 느끼기엔 너무 허무하다고 했다.

우리 아이들 때문에 나도 알고 있을 만큼 유명 강사인데 그런 고민을 하고 있다는 것이 적잖이 놀라웠다. 평소에 보이던 모습은 일에 대한 자부심이나 만족감이 대단히 커 보인 탓이다. 수업뿐만 아니라 틈틈이 자극되는 동기부여의 말들을 진정성 있게 열정적으로 해주던 분이 그런 고민을 안고 있을 줄은 몰랐다. 본인 말마따나 누가 보면 복에 겨운 고민을 하고 있다고 생각할 수도 있다. 하지만 중년의 나이에 이런 혼란스러운 감정을 한 번이라도 느끼지 않은 사람이 과연 얼마나 될까. 인생 중간이 텅 비어버린 기분이 드는 건 비단 성공한 일타 강사만의 고민은 아닐 것이다.

강사의 말을 들은 상담가는 나이가 들어 몸의 노화를 직접적으로 느끼기 시작하면서 삶의 허무함이 밀려들기 시작하는 경우가 많으며, 특히 본인이 생각했던 인생의 목표를 이루고 난 이후에 그런 감정을 느끼는 사람들이 많다고 했다. 전형적인 자수성가형인 그 강사도 돈을 벌어 건물을 사고 난 후에 그런 감정이 강하게 밀려왔다고 했다.

너무 아이러니하지 않은가. 인생의 정점에서 느끼는 삶의 무기력함이라니. 문제는 어느 날 갑자기 어디로 가야 할지 방향을 잃고 인생의 나침반이 흔들리는 순간을 만난다는 것이다. 하던 일이 잘 안 풀리는 것도 아니고 큰 고민이나 걱정거리가 있는 것도 아닌데 말이다. 일타 강사처럼 성공의 끝에서 만나기도 하고 인생의 목표를 성취한 후에 밀려드는 허무함을 마주치기도 한다. 부모들은 아이들을 다 키워냈다는 뿌듯함과 동시에 품에서 떠나보내고 공허함에 허탈해지기도 한다. 평탄한 일상에 지진이 난 듯 뒤흔들리는 느낌이 든다.

나는 주변의 모든 것이 평화롭던 어느 날 문득 인생의 덧없음이 크게 느껴졌다. 그 생각은 시간이 지날수록 눈덩이처럼 걷잡을 수 없이 점점 커지기 시작했다. 내가 집착하던 것들에 대한 환멸이 느껴졌고 일순간 생의 공허함에 사로잡혔다. 남들도 다 겪는 갱년기라고 가볍게 치부하고 넘어가기 힘들 만큼 절실하게 다가왔다.

몸과 마음이 편해지고 이제 좀 살 만해지니 복에 겨워서 배부른 고민을 하는 건가 싶기도 했다. 내 또래의 주변 사람들을 둘러보면 무던히 잘 살아가고 있는 것처럼 보였다. 시간이 지나면 해결될까 싶어서 도피하듯 영상이나 드라마를 시간 가는 줄 모르고 빠져서 보기도 했다. 하지만 끓

어오르는 감정을 외면한 채 무거운 돌로 억지로 눌러놓은 것이지 근본적인 해결책은 아니었다.

노인 복지 문제를 다룬 다큐멘터리를 본 적이 있다. 복지에서 앞서간다는 서양 여러 나라의 긍정적인 사례들을 보여주는 프로그램이었다. 노인들이 늦은 나이까지 보람을 느끼며 일을 하는 모습이 인상적이었다. 영국에 사는 일흔한 살의 마리오 씨는 배관회사에서 의욕적으로 일을 하고 있었다. 패션 회사 마케팅 일도 했었고 영국 부총리실에서 일한 적도 있었다. 원래 이력서를 낸 자리는 백한 살 노인이 일하던 세차장 직원 자리였다. 그런데 마리오 씨의 이력서를 본 사장이 그의 경력과 지식을 높이 평가해 지금의 일을 맡겼다고 한다.

마리오 씨는 사실 연금만으로 충분히 생활할 수 있었다. 하지만 돈이 문제가 아니었다. 그는 은퇴한 노인들이 주로 하는 일이 마켓에서 쇼핑을 하거나 오가며 만나는 사람들과 의미 없는 대화를 나누는 것이라는 데에 지루함을 느꼈다고 한다. 다큐멘터리 프로그램에서 노인 복지에서 중점을 둬야 할 부분이 스스로 존재가치를 느낄 수 있는 일거리 제공에 초점을 맞춰야 한다는 점이 와닿았다. 물론 이렇게 살기 위한 첫 번째 전제 조건은 국가의 노인 복지 정책과 본인의 건강일 것이다.

최선을 다해 최고의 능력을 발휘할 수 있다면 그 자체가 행복이라고 말하는 마리오 씨의 모습을 보면서 나의 노후는 어떤 모습이면 좋을까 상상해보았다. 나 역시 큰돈을 벌고 싶은 마음보다는 나이가 들어서도 존재가치를 느낄 수 있는 일을 하고 싶다. 이왕이면 하고 싶은 종류의 일이면 좋겠다. 그런데 내가 무엇을 좋아하는지 오십이 된 지금까지도 여전히 모른 채로 살고 있다는 사실에 가끔 소름 끼치게 놀랄 때가 있다.

그럭저럭 살아오던 인생의 나침반이 방향을 잡지 못하고 바늘이 심하게 흔들리고 있다는 것을 느꼈다. 처음엔 당황스러웠지만, 찬찬히 생각해보니 '바늘이 흔들린다는 건 정확한 방향을 찾기 위해 안간힘을 쓰고 있다는 것이 아닐까?' 하는 생각이 들었다. 흔들린다는 사실이 두려우면서 다른 한편으로는 이번 기회에 인생의 연대기를 다시 쓸 수 있지 않을까 하는 희망과 설렘을 조금씩 느꼈다. 지금까지와는 다른 프로세스로 살고 싶은 변곡점을 만난 기분이었다.

인생이 자동차라면 목적지를 찍으면 내비게이션이 안내해주겠지만 인생에는 내비게이션이 없다. 스스로 목적지를 정하고 지도와 나침반을 들고 직접 찾아가야 하는 것이 인생이다. 내 인생의 방향을 과연 누구에게 물을 수 있단 말인가. 오직 나만이 답을 알고 있고 내 마음속의 나침반은 나만 볼 수 있다. 문제는 내 마음인데도 잘 보이지 않는다는 것이다. 바빠 사느라 들여다볼 여유조차 없다가 갑자기 찾으려고 하니 잘 찾아지지도 않는다. 이럴 때 필요한 것은 충분한 시간을 들여 나 자신을 관조하듯이 객관적으로 바라보는 것이다.

다이버가 바닷 속 깊이 잠수해 산호초와 아름다운 열대어를 만나듯 마음 깊이 침잠해 나 자신과 만나야 한다. 촉수를 예민하게 세우고 무의식의 세계까지 깊이 들여다봐야 한다. 이는 인생에서 꼭 필요한 소중한 시간이며 만남의 끝에서 비로소 방향을 찾을 수 있을 것이다.

괜찮다는
거짓말

2년 전 그날을 선명히 기억한다. 그야말로 봄 햇살이 따사로운 4월 중순의 맑고 화창한 토요일이었다. 그동안 가고 싶어서 벼르던 화원에 가겠다고 아침부터 분주히 준비해서 우리 부부는 들뜬 마음으로 집을 나섰다. 근교 도시에 있는 화원이라 고속도로를 타고 20분이면 가는 거리였다.

출발한 지 얼마 되지 않고부터 평상시와는 다른 약간 이상한 느낌이 들었다. IC를 빠져나가면서 뭔가 심상치 않음을 느꼈지만, 마음을 추스르려고 노력했다. 어제 허리가 아파 병원에 다녀왔는데 아침에 먹은 그

약 때문인가 싶기도 했다. 운전은 남편이 하고 있었기 때문에 나는 차창을 내리고 심호흡을 크게 해봤다.

고속도로를 타기 시작하면서 숨이 조금씩 가빠오는 게 느껴졌다. 왼손이 약간 뻣뻣하게 마비되듯이 비틀어져 돌아가는 것 같았다. 오른손으로 주무르며 풀어보려 했지만, 왼손이 내 맘대로 움직여지지 않는 느낌이었다. 안 되겠다는 생각에 남편한테 "나 숨이 잘 안 쉬어져. 손이 마비되는 것 같아." 했더니 남편이 손을 주물러줬다. 심호흡을 크게 해보라고도 했다. 저절로 몸이 앞으로 고꾸라지면서 더더욱 숨쉬기 힘들어지는 거다. 보이지 않는 손이 점점 내 목을 조여 오는 느낌이었다.

남편이 심각하다고 느꼈는지 비상등을 켜고 갓길에 차를 세웠다. 차에서 내려 숨을 쉬어보려고 해도 호흡이 가빠오면서 다리까지 마비가 오는 느낌이었다. '이렇게 죽는구나.' 싶어서 남편한테 구급차를 불러달라고 했다. 남편은 불러서 기다릴 시간이면 자기 차로 가는 게 더 빠르다고 판단했다. 차를 돌려 우리가 사는 데서 가까운 대형병원 응급실로 달렸다. 가는 동안에도 남편이 계속 손을 주물러주고 있었다.

응급실에 도착해서 상태를 설명하고 나서 심전도 검사를 했다. 산소포화도를 검사하기 위해 정맥혈을 뽑고 더 정확한 결과를 보기 위해 손등에서 동맥혈까지 빼서 온갖 검사를 했다. 그 당시는 코로나 시국이기도 했고 주말이라 응급실은 기다리는 보호자들과 환자들로 정신없는 북새

통이었다. 당장 쓰러져 눕고 싶은데 누울 침대가 없어서 의자에 앉아 피를 뽑고 축 처져서 검사 결과를 기다렸다.

검사 결과는 이상 없음. 결과도 황당했지만 내 상태도 어이없었다. 조금 전까지만 해도 금세 숨이 넘어갈 것처럼 죽을 것 같고 몸에 마비가 왔었는데 시간이 지나고 나니 기운이 없는 거 말고는 거짓말처럼 다시 정상으로 돌아왔다. 마치 내가 양치기 소년이 된 것 같았다. 레지던트로 보이는 젊은 의사에게 원인이 뭐냐고 물으니 너무나 다양할 수 있어서 종합적으로 정확히 검진해보지 않고는 지금으로선 확실히 알 수 없다고 했다.

그 일이 있고 난 뒤 한동안 잊고 지내다가 몇 달이 지나 여름에 응급실에 갈 정도는 아니었지만 다시 한번 비슷한 일이 일어났다. 두 번째 일을 겪고 나니 이것이 단순히 몸의 문제가 아님을 직감했다. 내 발로 정신과를 찾아갔다. 몇백 개 문항의 테스트지 분석과 상담 결과를 종합한 의사는 공황장애라는 진단을 내렸다. 아무 문제없이 잘 살아가다가 어느 날 갑자기 천재지변을 당한 기분이었다. 여러 자료를 검색해보기도 해서 어느 정도 예감은 했지만 받아들이기 힘들었다.

나는 "왜요? 원인이 뭔가요?" 하고 물었다. 의사는 원인이 너무나 다양해서 찾기도 힘들고 운 좋게 찾아낸다고 해도 현재로선 의미가 없다고 했다. 중요한 것은 내 안의 응어리진 뭔가를 풀어내는 것이라고 했다.

내가 겪은 그런 일은 공황발작이라는 것이고 그런 일은 평생에 한두 번 있을 수 있다고 한다. 그런데 발작이 자주 반복되거나 다음에 또 발작이 올까 봐 두려운 예기불안이 심해서 일상생활에 지장을 줄 정도가 되면 공황장애가 되는 것이다. 공황장애도 경중이 있는데 내 경우는 그렇게 심한 케이스는 아니었지만 당장은 약으로 가라앉힐 필요가 있었다.

약을 먹으니 신기하게도 먹자마자 바로 마음이 편안해지는 것이 느껴졌다. 이러다 평생 약에 의지해 살아야 하는 거 아닌가 싶은 걱정이 들었다. 그래서 어떤 날은 안 먹기도 하고 조금 안 좋은 날은 먹으면서 띄엄띄엄 내 맘대로 조절하면서 먹었다. 그러던 어느 날 다시 한번 약하게 발작이 왔다. 그러고 나니 내가 내 병을 받아들이지 못하면 평생 못 고치겠구나 싶었다.

어느 날 병원에 다녀와서는 혼자서 한참을 펑펑 울었다. 이유는 모르겠는데 그냥 눈물이 났다. 그날 그 눈물이 자기연민이었는지, 서러움이었는지는 나도 잘 모르겠다. 아마도 그날부터 내 병을 인정하고 받아들이기로 한 것 같다. 공황장애라는 게 요즘은 너무나 많은 사람이 앓고 있는 병인데 이러면 안 되겠다 싶은 생각도 들었다. 꼬박꼬박 약을 잘 챙겨 먹기로 마음먹고 그 후로는 편안하게 잘 지내는 중이다.

내가 이해할 수 없었던 것은 처음 공황발작이 온 즈음은 딸이 재수를 끝내고 대학에 합격해 묵은 체증이 뻥 뚫릴 만큼 마음이 날아갈 듯 가벼울 때였다는 것이다. 도대체 뭐가 문제기에 이런 일이 나에게 생겼는지 답답했다. 누구는 딸이 재수하는 동안 스트레스가 심했나 보다고 말했지만, 어느 대학을 가든 본인의 인생이라고 생각했기 때문에 전전긍긍하거나 스트레스가 크지는 않았다. 남편 사업도 어느 정도 자리를 잡아 안정된 편이고 내 인생에서 가장 평화롭고 세상 걱정 없을 때였다.

남편이 사업을 시작한 때는 막내가 돌이 되기 전이었다. 회사 이름 짓는 것과 로고 만드는 것이 업체에 맡기면 몇백만 원이라기에 내가 해주겠다고 나서서 이름 지어주고 로고도 만들어주었다. 그 후로 남편은 집안이 어떻게 돌아가는지 아이들이 어떻게 크는지 모를 정도로 바빠졌고 나도 살림에 육아에 직장에 눈코 뜰 새 없이 살아왔다.

아이들이 아파도 봐줄 만한 사람이 없어서 놀이방에 보내거나 학교에 보내야 할 때는 내 자식도 못 챙기면서 이렇게까지 직장을 다녀야 하나 싶었다. 어떤 날은 눈물 바람으로 출근해서 눈물 자국 쓱 닦고 들어가 수업을 하는 날도 있었다. 종일 일하고 파김치가 되어 집으로 다시 출근한 나는 아이가 잠들고 나서야 진짜 퇴근을 할 수 있었다.

너무 힘들 때는 결혼의 끝을 생각해보기도 했었다. 그것보다는 직장을 끝내는 것이 더 나을 것 같아서 남편한테 집에서 살림과 육아만 하고 싶다고 한 적도 있다. 너무나 지쳐 있던 나는 직업에 미련이 없었는데 남편이 달래고 말리는 모습이 진정 나를 위한 것인지 의아스럽기도 했다.

주변 사람들이 사는 모습은 많은 생각을 불러일으켰다. 내 아이들 또

래를 키우는 워킹맘들도 다들 힘겹게 살고 있었다. 우리 엄마도 자식들을 위해 그렇게 살아왔다. 모든 날 모든 순간이 좋기만 하고 행복하기만 한 삶이 어디 있겠나 싶었다. 그렇게 마음을 다잡았지만, 그때의 내 마음은 전혀 괜찮지 않았다는 것을 나중에야 알았다.

공황장애는 발작이 오면 죽을 것 같은 느낌으로 고통스럽지만 죽는 병은 아니다. 나도 그것은 알고 있다. 그런데 그 사건이 나에게 미친 후폭풍이 컸다. 죽음의 문턱에서 저승사자를 만나고 돌아온 기분이었다. 그날 이후로 '죽음'에 관한 생각이 머리에서 떠나질 않았다. 주변 사람들의 죽음을 봐왔지만, 타인의 죽음과 나의 죽음은 또 다르다.

나의 죽음이란 아직은 멀리 있다고만 생각해왔던 실체가 없는 추상적인 것이었다. 하지만 그 일을 겪고 나니 죽음이 선명하고 구체적으로 느껴졌다. 인간에게는 언제라도 죽음의 그림자가 덮칠 수 있고, 당장이라도 나에게 닥칠 수 있는 생생한 삶의 한 조각이란 것으로 말이다.

나에게 중요한 것은 죽음에 대한 공포가 아니었다. 인간이라면 죽음은 피할 수 없다. 그것보다는 '당장 죽음이 코앞에 있다면 내 인생에 후회가 없는가?' 하는 질문이 떠나지 않았다. 피할 수 없는 죽음 앞에서 인생을 후회하기는 싫었기 때문이다. 내가 아직 하지 못한 일들, 하고 싶은 것들, 퇴직 후로 미뤄둔 일들이 많았다.

대략 55세쯤에 명예퇴직을 계획하고는 있었다. 그렇다면 5년을 더 한다고 달라지는 건 뭘까. 내일 당장 어떻게 될지도 모르는 것이 인생인데 퇴직을 5년 후로 미뤄야 할 이유가 있을까. 매월 따박따박 받는 월급보다, 5년을 더해서 늘어날 연금 몇 푼보다 더 중요한 것이 있다는 생각이 들기 시작했다. 그 생각은 점차 확신으로 변해갔고 내가 하고 싶었던 것들을 더 이상 미루지 말고 지금 당장 해보자는 마음으로 굳어지기 시작했다.

어느 때보다도 평화로운 시기에 몸으로 시그널을 보내줬다고 생각한다. 괜찮은 척 살고 있지만 너 지금 괜찮지 않다고. 그동안 참고 억눌러왔던 것들이 한꺼번에 분출했다는 생각이 든다. 몸과 마음은 하나로 연결돼 있다고 믿는다. 마음에 이상이 생기면 몸으로 신호를 보내고 몸에 이상이 생기면 마음도 함께 힘들고 아프다.

내 마음이 진짜 괜찮은지 괜찮은 척하는 건지 자주 들여다봐 주는 것이 필요하다. 내 마음이지만 나도 모를 때가 많기 때문이다.

억지로 껴입은
불편한 인생

　쇼핑몰에서 모델이 입은 옷이 예뻐 보이고 딱 내 스타일이다 싶어서 구매를 해서 입고 나갔다. 옷이 참 예쁘다며 어디에서 샀냐는 말까지 들어서 잘 샀다 싶었다. 그런데 막상 식사를 하려니 숟가락질을 할 때 팔을 들어올리기 힘든 게 아닌가. 이렇게 디자인만 보고 옷을 샀다가 불편해서 낭패를 보았던 비슷한 경험이 한 번쯤은 있을 것이다. 아무리 예쁜 옷이라도 이후로는 그 옷을 잘 입지 않게 된다. 인생도 남들이 보기엔 그럴듯해 보여도 정작 본인은 맞지 않는 옷을 입은 듯 불편하게 느껴질 때가 있다.

나는 어릴 때부터 대체로 어른들 말씀 잘 듣는 모범생에 속했고 공부를 뛰어나게 잘하지도 못하지도 않았다. 학교 끝나면 배에서 꼬르륵 소리가 날 때까지 친구들과 뛰어노는 데에도 빠지지 않는 아이였다. 중학교에 들어가서도 비슷한 포지션을 유지했다. 특출나게 뛰어나지도 사고도 치지 않는 있는 듯 없는 듯 매우 평범한 아이였다.

아버지는 그런 나를 유심히 지켜보셨는지 고등학교를 실업계로 진학하라고 하셨다. 공부하는 것을 보아하니 인문계 고등학교에 진학해서 대학에 못 가지는 않을 것 같은데 어정쩡한 사립대학교에 간다면 등록금을 감당할 형편이 안된다고 생각하신 것이었다. 나를 앉혀놓고 그렇게 솔직하게 말씀하셨다.

나는 무슨 대단하고 훌륭한 사람이 되겠다는 꿈은 없었지만, 대학을 안 가겠다는 생각을 해본 적은 없었다. 그때의 일을 굳이 들춰내서 대화를 해본 적은 없지만, 일찌감치 취업해서 가계에 보탬이 되는 것이 나으리라 판단하신 것 같다. 당시 우리 집 형편을 모르는 바는 아니었지만 서럽고 속상했다.

그러던 어느 날 아버지는 교사라는 안정적인 직업과 교육대학교(이하 교대) 학비가 일반 국립대학교보다도 싸다는 점이 마음에 드셨는지 교대에 갈 자신이 있으면 인문계로 가라고 하셨다. 단 합격을 못 하면 재수는 꿈도 못 꿀 일이고 어디든 바로 취업을 하라고 하셨다. 공은 나에게 넘어왔다. 하다못해 객관식도 오지선다형인데 인생의 중요한 문제에 선택지가 두 개밖에 없었다. 실업계는 죽어도 가기 싫었으니 다른 선택의 여지가 없었다. 교대에 가겠다는 약속을 하고 인문계 진학을 선택했다.

내가 뭘 하고 싶은지, 뭘 좋아하는지도 모른 채로 나의 진로는 형편에 맞춰 고등학교 입학 전부터 정해졌다. 그렇다고 내 힘으로 아르바이트를 하면서까지 비싼 등록금을 충당할 만큼 정말 꼭 하고 싶은 특별한 것이 있는 것도 아니었다. 지금 생각하면 어이없는 일이었지만 대학은 가야겠고 부모님이 보내줄 수 있는 건 교대밖에 없다는 데 내가 할 수 있는 다른 것은 없었다.

고등학교 3년 내내 교대를 목표로 공부했다. 중학교 때부터 같이 살게 된 할머니와 같은 방을 쓰고 있어서 공부방도 따로 없었다. 밤늦게까지 공부해야 할 것은 많았고 할머니는 주무셔야 하니 방법이 없었다. 그래서 생각한 게 다락방이었다. 안방 벽에 작은 문이 하나 있는데 그 문을 열면 보이는 계단을 올라가면 허리를 굽혀야 들어갈 수 있는 다락방이 있었다.

작은 창문 하나만 있는 다락방에 상을 펴고 앉아 겨울에는 담요를 뒤집어쓰고 여름에는 선풍기로 버텼다. 지금의 수학능력시험과 비슷한 학력고사를 치르고 나와 채점해보니 예상 합격선을 웃도는 점수가 나왔다. 밀려 쓰지만 않았다면 합격이란 걸 이미 알고 있었지만, 이상하게도 내 마음은 별로 기쁘지 않았다. 대학에 갈 수 있어 다행이란 정도의 안도감이었던 것 같다.

그렇게 들어간 교대는 말이 대학교지 내가 기대하던 일반적인 대학 캠퍼스와는 많이 다른 분위기였다. 지금은 많이 달라졌겠지만, 그때만 해도 교대는 대학교의 고등학교 버전 같았다. 그러니 대학 생활에 별로 흥미를 느끼지 못했다. 대학을 졸업하고 임용고시에 합격하고 발령을 받으며 본격적인 교사 생활을 시작했다.

첫 학교는 45학급 정도로 규모가 큰 학교였는데 다시 교대에 들어왔나 싶을 정도로 신규교사들이 많았다. 학교발령에도 우선순위가 있는데 가장 먼저 그 지역 내에서 이동하는 교사들을 먼저 배정하고, 다음으로 다른 지역에서 넘어온 교사들, 그리고 맨 마지막으로 남는 빈자리에 신규교사들이 발령받게 된다. 그러니 내가 갔던 학교는 그 지역 교사들이 기피하는 학교 1순위였던 거다.

피하는 이유는 다양하지만, 그 학교의 경우에는 독일군 장교를 연상시키는 독하기로 악명 높은 교감 때문이었다. 그래서 신규교사들이 바글바글 많아 '신규사관학교'라는 별칭을 가질 정도였다. 업무를 추진하다가 교감한테 이러저러한 이유로 안 되겠다든지 못 하겠다는 말은 절대 통하지 않았다. 대번에 "해봤어? 하려고는 해봤어?"라는 호통만 돌아올 뿐이었다. 거기서 2년 정도 있다가 집에서 가까운 학교로 옮겼는데 이번엔 도 전체에서 악명 높기로 소문난 교감을 만났다.

교감의 티타임을 자제하라는 공문을 근거로 커피 한잔조차 마시지 못하고 살았다. 그러다 어느 추운 겨울날 점심을 먹고 난 후에 따뜻한 커피 한잔이 너무도 간절했다. 후배 교실에서 몰래 달달한 커피를 마시고 있었는데 복도로 교감이 지나가는 것이었다. 순간 커피가 목에 캑 걸렸다. 바로 커피포트를 증거물로 빼앗기고 그 자리에서 교장실로 끌려가 죄인처럼 앉았다. 교감은 겨울철 화재 조심에 대한 공문을 근거로 우리의 잘못을 교장에게 성토했다. 한순간에 우리가 가르치는 초등학생보다도 못한 철없는 불장난을 한 개념 없는 교사가 돼버렸다.

한번은 더운 여름날 교무실에서 호출이 왔다. 무슨 일인가 하고 교감 앞에 섰더니 하는 말씀이 "왜 맨발로 출근했지요? 며칠 전 회의 시간에 공무원 복장 규정에 대한 공문을 전달했는데…. 선생님은 지키지 않네요. 사유서를 써서 제출하세요." 말문이 막혀서 교실로 돌아왔는데 교감이 뒤따라왔다. 왜 그렇게 말했는지에 대한 부연 설명을 한참을 늘어놓길래 듣고 있다가 내가 차분하게 말했다. "교감 선생님, 지금 입고 계신 와이셔츠 안의 속옷이 비치시네요. 속옷이 밖으로 비치는 것도 교사의 품위를 떨어뜨리는 복장 아닌가요?"라고 응수했다. 멋쩍은 표정으로 당황하면서 사유서는 없던 일로 할 테니 앞으로는 그러지 말라고 마치 학생에게 타이르듯이 말하는 것이었다.

그 경험이 담금질이 됐던 것인지 이후로는 어느 학교에 가도 힘들지 않았다. 어쩌다 보니 처음 몇 번 이런 분들을 만나게 됐지만, 순전히 내 운일 뿐이었다. 그 후로는 자신의 직을 걸고 교사를 지켜주신 존경스러운 교장을 만난 적도 있었고, 세상 자애롭고 따뜻한 교장, 교감도 많이 만났다. 학교라는 곳도 다른 직장과 다를 바가 없다. 좋은 사람, 나쁜 사람, 이상한 사람 다 모여 있는 똑같은 조직이다.

내가 원해서 교대를 간 것은 아니었다. 그 당시엔 솔직히 어린 마음에 속상하기도 했지만 뭘 하고 싶은지 알아볼 기회조차 없었고 내 의지와는 상관없이 환경이 진로를 정해버렸기 때문에 반박할 여지도 없었다. 철이 들고 어른이 되면서 깨달은 점은 내가 부모를 선택해서 태어날 수 없고 가난은 죄가 아니라는 것이다. 부모님도 그 위의 부모님께 가난을 대물림 받았을 뿐이지 그분들의 잘못도 아니다. 부모님도 가난이란 이유로 못 해봐서 억울하고 서러운 일이 얼마나 많으셨을까.

어떤 면으로는 결핍은 나를 성장시켰고 참을성이나 끈기로는 뒤지지 않는 사람이 되었다. 교대에 갈 수 있는 능력이 가능했다는 것에 감사하고 좋은 직업이라고 말하는 일을 할 수 있었음에 진심으로 감사한다. 그토록 원하고 바라던 꿈은 아니었지만, 교사라는 직분에서 수업이나 업무를 소홀히 한 적도 없다. 동료 교사들은 내가 교사와 잘 맞는다고 말하지만 아마도 책임감을 놓지 못하는 내 성격상 대충하고는 못 배기는 성향이라서 무슨 일을 했어도 그러지 않았을까 싶다. 만약에 내가 실업계 고등학교로 가서 다른 일을 하고 살았더라도 내 삶을 받아들이며 그럭저럭 살아가고 있었을 것이다.

학교에 다니면서 불쑥불쑥 마음 한구석에서 불편함이 올라올 때가 있었다. 몸은 학교에 있는데 마음은 학교 밖을 떠돌고 있는 느낌. 몸과 마음이 같은 곳에 있어야 행복하다는 말을 어디서 듣고는 나 자신을 들여다보니 마음이 공중에 떠다니는 것이 보였다. 왜 나는 학교에 만족하지 못할까 싶었다. 그럴 때마다 '세상 사람 중에 모든 것이 만족스러워서 사는 사람들이 얼마나 된다고, 이 정도면 난 행복한 사람이야.'라고 스스로 다독이고 위로하곤 했다.

하지만 내 마음 깊은 곳의 학교라는 곳은 어릴 때부터 늘 나를 긴장시키고 불편한 곳이었다. 그런데 그곳이 직장이 된 아이러니한 인생이라니. 여덟 살에 학교를 들어갔으니 평생에서 7년을 제외하곤 40년이 넘는 세월을 학교에서 살았다는 걸 생각하면 놀라울 따름이다. 물론 학생 입장과 교사 처지에서의 학교는 다르겠지만 적어도 나에게 학교라는 곳은 예나 지금이나 여전히 경직되고 편하지는 않다. 특히나 힘들었던 건 어느 공직사회나 마찬가지인 매사에 조직이 우선시되는 공무원 특유의 관료주의적 문화다. 그랬으니 자유를 꿈꾸던 나는 기회가 온다면 뛰쳐나갈 궁리를 하면서 살았는지도 모른다.

마냥 즐겁고 행복해서 직장을 다니는 사람은 없다. 그런데 유난히 불편하고 힘들다면 입고 싶지도 않았던 옷을 억지로 입고 살아서 그런 건 아닐지 자기 모습을 확인해볼 필요가 있다. 입은 옷이 잘 맞고 어울리는 데다 편안하기까지 하다면 그보다 더 좋을 수 없는 일이다. 하지만 자기 스타일이 아닌 옷을 억지로 껴입고 살아왔다는 생각이 든다면 이제는 나에게 어울리며 내 모습을 더욱 돋보이게 해주는 편안한 옷을 입고 살 때도 되지 않았을까.

그동안 애쓰고
수고했다

"엄마, 아빠는 어떻게 한 직장에서 몇십 년을 일할 수 있었어? 너무 신기해. 난 그렇게 못할 것 같은데…." 어느 날 딸이 묻는다. 그럴 만도 한 것이 20대 초반 딸의 세대는 평생직장이라는 개념이 없어지고 직업을 몇 번 바꾸는 게 이상한 일도 아닐 것이기 때문이다. 딸의 질문을 듣고 잠시 생각해봤다. 그래, 그렇게 한 직장에서 몇십 년을 일할 수 있었던 이유가 뭘까. 내 경우엔 어릴 때 꿈을 이룬 것도 아니었는데 말이다. 그러다 대답한 말이 "먹고살아야 했으니까."였다.

그렇다. 우리 세대는 대부분 생계형 직장인 아닌가. 사회생활을 시작한다는 건 취업을 해서 내 손으로 생활비를 벌어 자립한다는 것을 의미한다. 나이 들어서까지 부모님께 손을 벌린다는 것은 스스로 용납하기 힘든 일이었으니 어디든 취직하는 게 우선이었다. 만약 자아실현이 목표였다면 그렇게 한 직장에 몇십 년을 몸담고 살지 못했을 것이다. 우선 내가 살기 위해 그다음은 가족을 위해 그렇게 직장생활을 하지 않았을까.

무라카미 하루키는 『직업으로서의 소설가』에서 소설가라고 하면 고뇌하는 일상을 살며 성격도 조금은 유별날 것이라고 생각하는 사람들이 있는 것 같은데 실은 평범한 직업인일 뿐이라고 말한다. 교사도 마찬가지다. 특별한 소명 의식을 가지고 엄청난 사명감으로 일을 한다고 생각할지 모르지만, 교사도 수많은 직업 중의 하나일 뿐이며 평범한 월급쟁이 공무원이다. 물론 일반직 공무원과는 다르게 아이들을 대상으로 교육을 한다는 차별성이 있다. 아마 그런 면에서 교사에게는 특별한 사명감과 윤리의식을 더 요구하는지도 모르겠다.

교사라는 직업은 공무원 중에도 교직 공무원으로 분류된다. 수업만 하는 것이 아니다. 학생들에 대한 생활지도, 급식지도 등을 포함한 전반적인 학급경영과 공무원들이 하는 일반적인 업무까지 담당한다. 담당업무는 수업과는 다른 별개의 업무이며 매년 새 학년이 시작될 때 담당업무가 정해진다. 업무는 아이들이 하교한 후에 본격적으로 시작된다. 이를테면 교사라는 직업은 수업만 하는 사람이 아닌 학생들을 대상으로 수업과 학급경영을 하는 공무원이라고 생각하면 맞을 것이다.

학교의 하루는 예상외로 쉴 틈 없이 돌아간다. 옛날 우리들의 어린 시절 수업 시간에 뜨개질하던 선생님을 상상하면 안 된다. 아이들이 하교하면 교사들도 퇴근하는 줄 아는 사람도 있다는 얘기를 듣고 놀란 적이 있다. 교사는 학생이 등교하기 전에 출근해야 하므로 8:30 출근, 4:30 퇴근으로 8시간 근무다. 일반 회사원들의 9 to 6(8시간 근무)와 똑같다. 교사가 퇴근이 빠른 이유는 점심시간까지 근무시간에 포함하기 때문이다. 교사의 점심시간은 밥 먹는 시간이 아니라 급식지도 시간이다.

초등교사에게 점심시간이란 눈으로는 아이들을 둘러보면서 무슨 맛인지도 모른 채 배를 채우기 위해 음식을 공급하는 시간이다. 아이들이 있는 동안은 수업을 하면서 생활지도를 하고 하교하고 나면 맥이 풀리는데 그때부터 학년 회의, 수업 준비, 각종 검사, 담당 업무 등 본격적인 업무를 시작한다. 방학 없이 일 년 365일을 그렇게 살다가는 응급실에 실려가는 교사들이 한둘이 아닐 것이다.

사람들은 교사라고 하면 방학이 있어서 좋겠다고 생각할지 모르지만, 교사들에게 방학이란 몸살을 앓는 시기이면서 다음 학기를 위해 배터리를 충전하는 시기다. 학생 시절을 포함해 40년 넘게 학교에 다녀서 그런지 바이오리듬이 학교 시계에 맞춰 돌아가는 걸 느낄 때가 많다. 방학이 가까워지면 배터리가 방전되는 것이 느껴진다. 충전이 필요하다는 걸 대번에 몸이 먼저 안다. 어떤 선생님들은 방학에 들어가자마자 몸살을 심하게 앓기도 한다. 학기 내내 아이들을 상대하며 참아왔던 피로가 한꺼번에 몰려와 기어코 몸을 흔들어놓는 거다.

수업이나 학급경영은 매우 창조적인 작업이다. 연이어 같은 학년을 맡게 돼서 작년과 비슷하게 수업을 준비해도 실제 상황에서는 예상 외의 사건들이 벌어지며 전혀 의도하지 않았던 엉뚱한 방향으로 끝나는 경우가 비일비재하다. 열심히 준비한 수업자료가 무용지물이 될 때도 있고 어떤 경우엔 아이들 스스로 더욱 심화한 학습 결과를 발견하는 놀라운 날도 있다. 이십 년 넘게 했지만 매일이 새로운 날들이었다.

요즘엔 혁신 교육이라고 해서 많이들 하지만 나는 그전에도 교과서를 덮고 다른 활동을 하는 때가 많았다. 음악 시간에는 노랫말이 아름다운 가요를 골라 부른다든지, 한 시간 내내 목이 아플 정도로 동화책을 읽어준 날도 있다. 처음엔 조금만 읽어주려고 시작했다가 아이들이 이야기에 빠져들어 더 읽어달라고 졸라대는 통에 그렇게 되기도 했지만, 그 시간이 전혀 아깝지 않았다.

도덕 공부를 하다가 연말에 외로우실 양로원 할머니, 할아버지들께 직접 찾아가 재롱잔치를 해드리자는 아이들의 의견이 나와 실행에 옮긴 적도 있다. 우리들의 방문을 허락해주는 양로원을 섭외하고 날짜와 시간 약속은 내 담당이었다. 나머지 프로그램은 아이들이 조를 짜서 장기자랑하듯이 준비했다. 반 아이들이 집에서 쓰지 않는 깨끗한 책가방이나 문구류를 모아 학용품이 부족한 나라 어린이들에게 기증하는 단체에 보낸 적도 있다. 교과서에 나오지 않는 교육활동을 넘치는 열정으로 굳이 만들어서 한 것이었다.

교실이라는 무대에서 가르칠 때 가끔 내가 연극을 하는 것 같다는 느낌이 들 때도 많다. 보통의 연극은 정해진 대본이 있지만 교실은 계획을 하더라도 아이들이라는 복병이 있어서 언제 무슨 일이 터질지 모른다. 저학년의 경우엔 전교 선생님들을 대상으로 공개수업을 하는 중에 낯선 상황에 울음을 터뜨리거나 친구들과 싸움이 벌어지는 경우도 가끔 있다. 아이들과 합이 잘 맞아 수업에 빠져들어 시간 가는 줄 모를 때는 카타르시스를 느끼기도 한다.

수업은 정말이지 도저히 결과를 예측할 수 없는 교사와 학생들의 창의적인 합작품이라고 생각한다. 진짜 화가 나서 화를 내는 게 아니라 필요하다고 생각해서 혼내는 척 연기를 할 때도 있다. 아이들을 지도하다 보면 가끔은 내 의도와 어긋나는 때도 있다. 좋은 의도로 시작한 것이 방향이 어긋나 안 좋은 결과로 귀결될 때면 좌절할 때도 많다. 교실에서 벌어지는 일들은 하루하루가 어디로 튈지 모르는 럭비공이란 말이 딱 맞다.

지금까지도 특별히 기억에 남는 제자들은 말썽부리고 속 썩이던 아픈 손가락 같은 아이들이다. 둘째 아이 육아휴직을 끝내고 복직했는데 6학년 담임을 하게 됐다. 그 학년 남자아이들 중에 제일 힘세고 대장 격인

소위 '일짱'으로 불리는 아이가 우리 반이 되었다. 3월 첫날 대면하기도 전에 5학년 때 담임 선생님이 일부러 찾아와 주의사항을 알려줄 정도였다. 실제로 보니 그 아이는 연예인급 외모의 스타일이었고 체육 시간에 날아다닐 정도로 운동도 잘했다.

이게 좀 이상한 표현이지만 3월 한 달은 교사도 학생도 서로 간 보는 시기다. 아이들은 3월 한 달은 될 수 있으면 자기 본성을 드러내지 않는다. 선생님이 어떤 분인지, 어느 선을 넘어가면 우리 선생님한테는 안 통하는구나, 하면서 간을 본다. 보통 이때는 말썽꾸러기 아이들도 극히 조심하기 때문에 큰 사고를 치지 않는 편이다. 교사도 마찬가지로 아이들을 파악하는 시기다. 그 아이도 눈에 띄는 행동을 자제했고 분위기를 보아하니 다른 아이들이 그 아이의 심기를 건드리지 않으려는 게 보였다. 예를 들면 피구를 해도 그 아이한테는 공격을 안 하는 식이다.

3월이 시작되고 2주 정도 지났을 때 따로 조용히 불렀다. 아무 잘못한 것도 없는데, 이미 고개를 푹 숙이고 혼날 준비를 한 듯이 보였다. 수많은 선생님께 혼나온 경험으로 이미 방어적인 자세였던 것이다. 그런 아이에게 "너 체육 진짜 잘하고 멋있더라. 일 년 동안 잘 지내보자." 했더니 어쩔 줄 몰라 하는 듯한 표정으로 뻘쭘해했다. 그런 말을 들어본 적이 별로 없어서 어색하면서도 싫지는 않은 표정이었다. 그다음 날부터 그 아이는 나와 우리 반의 보디가드 역할을 자처하면서 일 년을 아무 탈 없이 잘 보내고 졸업했다.

한번은 성격이 쾌활하고 무슨 일이든 적극적이고 공부도 열심히 하는데 성적이 너무 낮아서 안타까운 조손가정 여학생이 있었다. 수업이 끝나고 일대일로 가르쳐보니 아래 학년 학습에 구멍이 심각했다. 하루 이틀 가르친다고 메꿔질 정도가 아니었다. 당시에 우리 집 아이들이 하던 학습지 회사에 연락해서 제자 집으로 선생님을 보내 테스트를 부탁했다. 학습지 비용은 내가 내기로 했고 그 아이에게 조건을 제시했다. 중간에 포기하지 말고 수학 학습지의 끝 단계까지 하는 것이었다. 그 아이가 졸업하고 내가 학교를 옮기고 나서도 한참 동안 했다. 아마 지금쯤은 이십 대 중반 정도 됐을 텐데 어떻게 살고 있을지 궁금하다.

돌이켜 보면 내가 교사로 살았던 시간은 허투루 보내지 않았으며 남들은 겪지 않았을 이상한 일, 차마 말 못 할 일도 숱하게 많았다. 교사로서 보람 있고 재미있고 애달프고 속상하고, 학교에서 겪을 수 있는 희로애락을 다 겪어봤다. 순간순간에 충실한 책임감으로 나에게 주어지는 일들을 해내며 살았다. 그 시간이 지금의 나를 만들었고 그 경험들이 없었다면 내가 지금 다른 무언가를 해볼 엄두조차 내 볼 수 있었을까. 교직에 있으면서 아이들을 키우고 가계에 도움이 돼주었던 것도 부정할 수 없는 사실이다.

나의 직장생활이 '생계형이었느냐, 자아실현이었느냐'는 그다지 중요하지 않다. 내가 자립하기 위해, 결혼을 하고 나서는 가족을 위해 학교

밖에서는 알지 못하는 여러 가지일을 참아내며 일해왔다. 그동안 정말 애쓰고 수고했다고, 그 정도면 충분히 할 만큼 했다고 쓰다듬어주면서 장하고 대견하다고 말해주고 싶다. 그것에 대한 보상의 의미로 내 남은 인생의 나침반의 방향을 찾으며 생각할 시간을 갖기 위해 휴직을 하기로 결정했다.

성실병에 걸린
개미

가끔은 매일 똑같은 일상의 궤도를 벗어나 보는 추억거리 하나쯤 만들어보는 것도 인생의 재미 아닐까. 남에게 피해를 준다든지 아주 치명적인 일만 아니라면 말이다.

내가 휴직한 이유는 일상에서 한 발짝 떨어져 나 자신을 깊이 들여다보기 위해서였다. 관성대로 사는 일상에서는 내 모습을 객관적으로 보기 힘들기 때문이다. 주변 동료들은 1년 후에 꼭 돌아오라고 했지만, "그때 가봐서요."라고 했다. 나조차도 확신할 수 없었기 때문에 그게 솔직한 심정이었다.

공식적인 휴직은 3월부터다. 3월이 시작되는 첫날은 삼일절이라 모두가 쉬는 빨간 날이다. 보통은 3월 2일이 학년의 첫날이다. 포부도 당당하게 시작한 떳떳한 휴직이니 다른 날 같았으면 출근했을 시간에 이불 속을 뒹구는 내가 조금 어색하기도 했지만 얼마나 달콤하던지.

늦잠을 즐기고 느지막이 일어나 커피를 내려 베란다 옆에 쭈그리고 앉아 창밖에 지나가는 사람들을 구경했다. 큰맘 먹고 나에게 쉼을 주자고 시작한 휴직이었다. '아주 좋군. 그래 이런 때도 있어야지.' 그런데 딱 거기까지였다. 곧이어 저절로 떠오르는 생각이 '지금쯤 시업식을 하고 있겠군. 애들 출석 확인하고 자리 배정하겠네.' 내 머릿속은 시업식 첫날의 시간을 따라 학교 일정을 훑어 내려가고 있었다.

기이한 것은 공식적으로 허가받은 휴직이었는데도 결코 내 의지와는 상관없이 파블로프의 개처럼 몸이 먼저 반응하고 있다는 점이었다. 습관이 참으로 무섭다는 말이 떠올랐다. 한껏 게으름을 부리면서도 시기별로 떠오르는 학교 일정들. '이때쯤이면 학부모총회를 하겠네. 학부모 상담 주간이라 엄청 바쁘겠군.' 3월 한 달 동안의 학교 일정을 집에 앉아 고스란히 느끼고 있는 휴직자라니. 3월이 지나고 나니 학교에 관한 생각은 조금씩 잊히기 시작했다. 아마 학교에서 가장 힘든 타이밍이 3월이어서 그랬던지, 휴직에 적응하는 과정이었으리라 생각한다.

휴직 중이던 어느 날 친구가 주말에 제주도로 한라산 등반을 간다고

했다. 겨울이라 한라산에 올라가면 설경이 멋지겠네, 잘 다녀오라고 말
해줬다. 그런데 갑작스러운 폭설로 돌아오는 비행기가 결항하는 바람에
월요일 출근을 못 했다는 문자를 보내왔다. 처음 잠깐은 얼마나 아찔했
을까 싶었다가 이내 "아주 좋은 추억거리 만들었네. 잘했어."라고 말해줬
다. 천재지변은 내 힘으로 어쩔 수 없는 일 아닌가. 그리고서 한마디 덧
붙였다. "너 없어도 직장은 잘 돌아가. 걱정 안 해도 돼."라고.

　나 한 명 출근 못 한다고 해서 직장이 안 돌아가느냐. 절대 아니다. 대
체할 인력은 얼마든지 있다. 만약에 그런 상황에서 나의 부재로 인해 직
장이 제대로 안 돌아가고 문제가 생긴다면 자기 능력을 입증할 수 있는
절호의 기회다. 다음 연봉 협상에서 유리한 고지를 선점한 것이니 배짱
좋게 질러도 된다.

　직장에 내가 없으면 큰일 날 것처럼 생각하지만 그건 착각이다. 오히
려 아무 문제가 없어서 더 당황스러울지도 모른다. 그렇다고 너무 서운
해할 필요도 없다. 직장에서는 누구라도 언제든지 대체 가능한 인력이란
것이 사실이기 때문이다. 머지않은 미래엔 인공지능에 대체될 수도 있
다. 다만 나를 대신해서 수고해준 누군가에 대해 미안함이나 고마움은
진심으로 표현해 줘야 한다. 그게 슬기로운 직장생활의 영리한 사회성이
다. '천재지변 때문에 그런 걸 나보고 어쩌라고.' 하는 식으로 나오면 곤
란하다. 그런다면 아마도 블랙리스트 0순위에 바로 등극하게 될 것이다.

　친구도 같은 말을 했다. 자기가 출근을 못 했어도 직장엔 아무 문제가

없더라고. 직장이란 게 그렇다. 만약에 내 사업이고 내가 오너라면 얘기가 달라지겠지만 말이다. 월급쟁이 직장인이라면 월급 받는 만큼 잘리지 않을 만큼만 해도 충분하다고 생각한다. 꾀부리고 대충 하라는 뜻이 아니다. 자기 일에 있어서 만큼은 책임감을 느끼고 최선을 다하되 가정이나 내 몸은 돌보지 않은 채 직장을 최우선으로 몸 바쳐 충성하지 않아도 된다는 것이다.

세상에 나보다 더 중요한 사람은 없다. 내가 없으면 진짜 큰일 날 곳은 가정이다. 당장 내가 없다면 엄마(아빠)로서, 아내(남편)로서의 자리는 아무도 대체할 수 없기 때문이다. 가족 중의 누가 없다면 그 사람의 정서적인 부분까지 누가 완벽하게 대체할 수 있겠는가. 그것은 인공지능도 해줄 수 없는 일이다.

나도 내가 중요하다고 생각해서 선택한 휴직인데 이상하게 쉬면서도 마음이 편하지 않았다. 내가 원해서 선택한 길이었고 눈치 주는 사람도 없는데 왜 나는 마음 편히 쉬질 못하나 하는 생각이 들었다. 백영옥의 『나로 사는 힘』을 읽다가 '당신은 한 번이라도 죄책감이나 불안함 없이 푹 쉰 적이 있었나.'라는 질문이 마음에 와서 찔렸다. 나는 왜 아무것도 하고 있지 않으면 불안한 걸까. 왜 자신을 가만두지 못하고 일거리를 찾아서 안겨주는 걸까.

뭐라도 하고 있어야 안도하는 내가 느껴졌다. 공식적인 휴가인데도 끊임없이 뭔가 할 거리를 찾고 있으며 공백의 시간을 견디지 못하는 나를 발견했다. 휴직도 열심히 하는 나. 뭐라도 해서 시간을 메꿔야 알차게 휴직했다고 스스로 뿌듯해할 듯이 성실병에 걸린 개미처럼 보였다. 인생을 한껏 즐기는 베짱이를 한없이 부러워하지만, 현실은 강박증에 걸린 개미 같았다. 아무런 죄책감도 불안함도 없이 쉬려면 대체 얼마의 시간이 필요한 걸까.

'성실병'은 내가 만든 말로 아래 같은 경우이다.

- 본인이 원하지 않은 일을 성실히 최대한 노력하며 사는 게 미덕이라고 믿으며 맹목적으로 반복적인 일상을 살아간다.
- 자칫하면 인생에서 자아를 상실하고 더 중요한 것과 덜 중요한 것을 구분 못 할 수도 있다.
- 심하면 강박증으로 발전해 본인의 의지와 상관없이 인생을 저당 잡힐 수도 있다.

가정이나 학교에서 배운 근면, 성실은 선하고 좋은 것이라는 잠재의식의 발현일지도 모른다. 성실은 미덕이며 사회인으로 갖춰야 할 기본적인 덕목이라는 것이 틀린 말은 아니다. 다만 목적을 잃은 채 인생의 중요한 가치를 상실한 채 맹목적으로 쫓는 성실함이라면 돌아볼 필요가 있다.

허먼 멜빌의 『필경사 바틀비』를 보면 필경사로 일하던 바틀비가 어느 날부터 뭐에 꽂혔는지 무슨 일을 시켜도 "안 하는 편을 택하겠습니다."를 기계처럼 반복하며 모든 일을 거절한다. 나도 처음엔 어처구니가 없다가 사무실에 있는 사람들이 모두 "~편을 택하겠습니다."는 말을 하며 유행어처럼 번졌을 땐 코미디 같아서 웃음이 터지기도 했다.

바틀비에겐 도대체 무슨 사연이 있기에 저럴까 싶어서 궁금해지기까지 했다. 월급쟁이 직장인이라면 상상할 수 없는 거부이며 통념을 깨는 말이라는 점에서 짜릿한 대리만족이 느껴지기도 했다. 나도 한 번쯤은 "하지 않는 편을 택하겠습니다."라는 말로 거부해보고 싶은 충동이 일어나기도 했다.

사람들은 대체로 일을 안 하고 빈둥거리는 것처럼 보이거나 노닥거리는 걸 봐주지 못하는 경향이 있다. 타인에게 심지어 자신에게조차 쉼을 허용하지 못하는 경우를 본다. 하지만 그것을 꼭 시간 낭비로 볼 것이 아니라 다음 단계로 도약하기 위해 재정비하는 시간일 수도 있다. 그냥 멍때리는 시간이면 또 어떤가. 나는 '멍때리기'가 진정한 쉼이라고 생각한다. 멍때리는 시간 다음에 오는 고도의 집중력을 느껴본 사람은 '멍때리기'의 효과를 알 것이다.

그동안 자의식이 나의 노닥거림을 봐주지 못한 것 같다. 나에게도 남들에게도 좀 더 넓은 아량과 노력이 필요하다. 쉼에도 노력이 필요하다니 싫겠지만 진정으로 잘 쉬기 위해서는 필요하다. 나를 닦달하지 않기.

그냥 놔두기. 나에게 강요하지 않기. 게으름을 허용하기 같은 것들이다. 그러다 보니 휴직 2년째인 지금은 어쩌면 한량이 내 적성이 아니었나 싶을 정도로 여유 있게 쉼을 즐기고 있다.

'개미와 베짱이' 우화에서는 극과 극의 삶으로 단순하게 비교하지만, 베짱이의 삶에 나름의 철학이 있었을 거라는 생각도 해본다. 우리는 알고 있다. 삶의 모습은 너무나 다양하고 개미의 삶이 더 우월한 것도 정답도 아니라는 것을.

생존할 것인가,
꿈꿀 것인가

살던 대로 살아가는 것은 익숙한 일이기 때문에 대체로 내적, 외적 갈등 없이 자연스럽고 편안하다. 갑자기 다르게 산다는 건 보통 어려운 일이 아니다. 사람은 고쳐 쓰는 게 아니라는 말도 있듯이 평생 살아온 습관, 가치관, 인생관을 바꾸는 게 얼마나 힘든 일인가. 삶의 방향을 멈추거나 바꾸려면 평소보다 훨씬 더 큰 에너지가 필요하기 때문이다.

휴직을 결정하는 것만 해도 짧지 않은 고민과 결단력이 필요했다. 그전까지 내가 믿었던 신념과 가치관의 동력이 다했음을 느꼈을 때도 그랬다. 내가 왜 달라져야 하는지, 나에게 무엇이 중요한지 수없이 반문하고 확인해서 내가 나를 납득시킬 에너지의 공급이 필요했다.

　내가 가고 싶은 방향은 어느 쪽인지 진짜 내 마음이 원하는 것을 찾기 위해 나보다 현명하고 지혜로운 사람들을 찾기로 했다. 직접 만나기는 어려운 일이니 나보다 먼저 산 현자들이 쓴 책을 읽었다. 내가 앞으로 어떻게 살아야 할지 답을 알려줄 것 같은 책이면 어떻게든 구해 허겁지겁 갈급한 마음으로 읽어댔다. 그렇게 읽다 보니 조금씩 포만감이 들면서 내가 나아갈 방향이 조금씩 보이기 시작했다. 현자들은 입을 모아 자의식에서 벗어나 자신을 객관적으로 바라보라고 했다. 진짜 자신이 원하는 마음을 따라가라고 했다.

　서머싯 몸이 화가 폴 고갱의 생애에 대해 강렬한 인상을 받고 쓴 『달과 6펜스』라는 소설이 있다. 주인공 찰스 스트릭랜드는 런던에서 증권 중개인으로 일하던 평범한 40대 직장인이었다. 어느 날 갑자기 예술적 충동을 느끼고 직장에 사표를 던지고 돌연 파리로 떠나 화가의 꿈을 이루려고 한다. 가족이나 주변 사람들은 그가 갑자기 미쳤다고 생각할 정도였다. 그럴만한 이유가 전혀 없던 사람이 안정적인 직장을 때려치우고 뜬금없이 화가가 되겠다고 했으니 그런 생각이 들만도 했을 거다.

　제목인 『달과 6펜스』는 이상과 열정의 세계를 비유하는 '달'과 물질과 현실의 세계를 상징하는 '6펜스'를 의미한다. 달의 세계에 사는 사람들도 있고 6펜스의 세계에 사는 사람들도 있다. 주인공 스트릭랜드는 6펜스의 세계에서 달의 세계로 향한 사람이다. 가족을 비롯해 주변 사람들의 온갖 손가락질을 받으면서도 흔들리지 않고 달의 세계로 나아갔다. 주변인들은 미쳤다고 생각했지만 내 생각에 주인공은 예술을 향한 동경을 주변 사람들에게 드러내지 않았을 뿐이지 항상 품고 살았을 거라고 짐작한다.

　6펜스의 세계에서 달의 세계로 가는 것도, 달의 세계에서 6펜스의 세계로 가는 것도 보통의 에너지로는 힘든 일이다. 다른 차원의 세계로 가려면 엄청난 추진력이 필요하다. 그렇게 어려운 일이니 많은 사람이 다른 세계를 동경하면서도 현재의 세계에 안주하고 살고 있는지 모른다. 안락함이 주는 편안함을 버리기가 어디 쉬운 일인가. 그렇다면 다른 세계로 가는 것은 소설 속의 주인공에게만 가능한 일일까. 나는 지금 6펜스의 세계에 살고 있을까, 달의 세계에 살고 있을까.

　공부를 아주 잘하는 한 학생이 있었다. 음악이 너무 하고 싶은데 부모의 반대가 굉장히 심했다. 부모와 타협점을 찾은 것이 의대를 가면 음악을 해도 좋다고 했단다. 그 학생은 그때부터 의대를 목표로 열심히 공부했고 결국 의대에 갔다. 그리고서는 음악에 빠져 공부는 놓고 음악만 했다. 아이가 약속대로 의대에 갔으니 부모는 아무 말도 할 수가 없었다고 한다. 그 학생은 의사가 되기 위해서가 아니라 본인이 원하는 음악을 하기 위해 공부를 열심히 한 것이었다. 남들이 보기에 아무리 좋은 직업이라도 본인이 싫으면 소용없는 것이다. 만약 억지로 의사가 된다면 그 사람은 어떤 인생을 살아갈까?

똑같은 일이라도 의무로 주어져서 어쩔 수 없이 하는 일과 하고 싶은 것을 찾아서 하는 일은 과정과 결과 모두 질적으로 다르다. 인생도 그렇다. 남 보기에 아무리 좋은 일이더라도 타의에 의해 정해진 대로 사는 인생과 자신이 선택한 인생을 사는 사람 중 누가 더 즐겁고 신나는 인생을 살아갈까.

코드 쿤스트라는 가수가 있다. 나로서는 음악을 들어본 적 없는 잘 모르는 가수였다. 알고 보니 업계에서 인정받으며 음원 수익도 많은 잘 나가는 힙합 가수이자 프로듀서다. 업계로 치면 군대에 다녀온 후 꽤 늦은 스물네 살이라는 나이에 음악을 시작했다고 한다. 부모님께 음악을 하겠다고 했을 때 보통의 부모들과는 다르게 말리지 않았다고 한다.

어느 예능 프로그램에서 코드 쿤스트가 아버지에게 "그때 왜 조금도 말리지 않았어?" 하고 묻자 아버지 대답이 "하고 싶은 일을 해보고 실패하는 게 해보지도 않은 것보다 낫지."였다. 소름이 돋았다. 저런 말을 듣고 자란 아이들은 얼마나 큰 자유의 울타리 안에서 꿈을 꿀까. 저절로 열심히 살고 싶게 만들고 자신에게 한계를 두지 않고 꿈을 꾸게 만드는 말이다. 저런 말을 해주는 어른들이 주위에 많다면 실행 버튼을 누를 때의 용기는 반 숟가락 정도면 충분할지도 모른다.

아이의 꿈인지 부모의 꿈인지 모를 '꿈을 크게 가지라'는 말보다 현실적으로 와닿는 말이었다. 진심으로 이런 부모, 이런 어른들이 많아졌으면 좋겠다고 생각한다. '편하고 안정적인 직업을 가지는 게 좋다'는 말만큼 아이들을 작은 울타리에 가두는 말도 없다. 그 말의 속을 잘 들여다보면 안정적으로 사는 자식을 보고 싶은 부모 자신을 위한 말은 아닌지 생각해 볼 일이다.

나는 아이들을 키우면서 선택권과 결정권을 많이 주려고 노력한 편이다. 하고 싶은 것이 있다고 하면 가능한 능력 안에서는 많은 경험을 해보게 했다. 그런데 아이들이란 이거 하고 싶다고 했다가 금세 마음이 바뀌어서 저거 하겠다고 할 수도 있다. 그래서 자기 결정에 책임을 져야 한다는 말을 많이 했다. 한번 하기 싫다고 한 것을 다시 할 기회는 주지 않을 테니 신중하게 생각하고 결정하도록 했다.

이런저런 많은 경험과 자기 주도적 결정권 때문이었는지 큰아이는 고등학교 때 스스로 진로를 결정했다. 학급에서 진로를 확실히 정한 사람은 자신밖에 없다는 말에 놀랐던 기억이 있다. 딸도 앞으로 살아가다 보면 또 바뀔 수도 있다고 생각한다. 대학생인 딸에게 부러운 점이 있는데 어릴 때부터 자신이 진정으로 원하는 것이 무엇인지 명확히 느끼며 삶의 방향을 잡아간다는 것이다. 적어도 옆에서 내가 보기에는 그렇다. 고집스러울 정도로 자신의 호불호가 확실하다.

난 그 나이에 그러지 못했다. 내가 그것을 좋아하는지 어떤지도 모른 채 내 앞에 주어지는 인생을 숙제처럼 받아들이며 살아온 듯하다. 내게 주어지는 숙제를 하나하나 성실히 해치우듯 사는 삶. 숙제를 즐겁고 기쁜 마음으로 하는 사람이 누가 있을까. 숙제라고 불리는 순간 똑같은 일이라도 하기 싫지만 해야 하는 부담감으로 다가온다.

우리 때도 그랬지만 경험이 부족한 너무 어린 나이에 진로를 결정하라고 강요받는 경우가 여전히 많다고 느낀다. 자기 적성을 스무 살이 넘거나 더 늦게는 서른이 넘어서 발견하는 경우도 많다. 그럼 어떤가. 그때부터 시작하면 되는 것이다. 평생직장이란 개념도 없어진 마당에 인생 전체를 길게 보고 진짜 나를 찾아가는 시간으로 생각하면 안 되는 것일까. 적성을 빨리 발견하는 것이 중요한 것일까, 진정으로 가슴 뛰게 행복한 일을 발견하는 것이 중요한 것일까.

내 적성이라는 확신이 들어도 용기가 없어서, 조건이 안 맞아서, 계산을 따져보니 소득이 적을 것 같아서, 등의 이유로 못 하거나 안 하는 경우가 많다. 자신의 선택이므로 핑계는 될지언정 정당한 명분은 될 수 없다. 진짜 하고 싶은 일이라면 스스로 어떻게든 방법을 찾아야 한다.

내가 갑자기 휴직을 선포했을 때 주변 지인들은 놀랐지만, 전부터 마음에 품고 있었던 것이었기 때문에 나로서는 몹시 어려운 결정은 아니었다. 스트릭랜드는 로켓을 타고 날아가듯이 단번에 나아갔지만 나는 지금 천천히 그 동력을 모으는 중이다. 단번에 발사하듯이 뚫고 나아가는 방법만 있는 것은 아니다. 사람에 따라 다를 수 있다. 나는 천천히 기를 모아서 조금씩 야금야금 나아가는 방법이 맞다.

몸에 배어 있는 삶의 프로세스를 바꾸려면 충분한 시간이 필요하다. 몸이 먼저 느끼고 반응하는 켜켜이 쌓인 평생의 습관을 바꿔야 하는 것이다. 나는 천천히 바꿔주는 방법이 무리 없이 자연스럽게 받아들일 수 있을 것 같다고 생각했다. 남들의 시선이나 평가는 진즉에 내려놓았다. 그런 것들이 신경 쓰였다면 여전히 6펜스의 세계에 머무른 채 아무것도 시도하지 못했을 것이다. 사회의 보편적인 가치 기준은 사회의 것이지 내 것이 아니다. 그것은 내 삶에 도움이 되지 않으며 중요하지 않다는 것을 이제는 안다.

이십 대와 마찬가지로 여전히 안정과 불안 사이를 진자운동 하는 추처럼 사는 오십은 내가 원하고 상상하던 오십 대의 모습은 아니었다. 삶이란 게 이렇다. 나이를 먹는다고 해서 더 단단하고 확실해지는 것도 아니다. 어쩌면 오십 대는 중년에서 마지막 열정으로 살아갈 수 있는 십 년이 아닐까 한다. 각자의 파랑새는 모두 다르므로 내 본성이 원하는 쪽을 선택하는 것이 답일 것이다. 편안하고 안정적인 생존을 선택하고 영원히 마음으로만 파랑새를 쫓으며 살지, 조금 불안하더라도 꿈을 쫓아 모험을 떠날지는 각자 선택할 일이다.

현실적인 6펜스의 세계에서 굳이 달의 세계로 가려고 하는 것은 의지이자 선택이다. 달의 세계가 점점 현실이 돼가고 있는 요즘 그것이 과연 이상이라고만 할 수 있을까. 달을 현실로 만들면 된다. 오십을 시작하는 마음은 그래서 하루하루 설렌다.

2장

흔들림 없이

진짜 나를

만나다

내 마음을
산책 중입니다

너무 춥고 스산해서 우울하다며 겨울을 싫어하는 사람이 많지만, 역설적으로 겨울이 가장 따뜻한 계절이라고 생각한다. 겨울은 어느 때보다 온기의 소중함을 느끼게 해주는 계절이다. 뜨끈한 어묵 국물에 언 몸을 녹이고 따뜻한 아랫목에서 귤 까먹으며 만화책을 본 적이 있을 것이다. 팔짱을 끼고 스스럼없이 가까워지면서 몸을 녹이고 차가운 손을 잡아주며 서로의 체온을 나눌 수 있는 계절이다.

겨울이란 계절을 다시 느끼게 해준 캐서린 메이의 『우리의 인생이 겨울을 지날 때』를 읽으며 작가의 처지와 마음의 변화에 공감했다. 저자는 영국 위트스터블 바닷가 마을에서 남편, 아들과 함께 산다. 남편의 병에 연이어 본인에게 찾아온 갑작스러운 병과 실직, 그리고 아들의 등교 거부까지. 인디언서머 시즌부터 다음 해 3월까지 자신의 처지와도 비슷하게 혹독한 겨울을 나는 이야기이다.

인생에 고난이 안개처럼 스멀스멀 찾아오기도 하지만 허리케인처럼 한꺼번에 휘몰아치기도 한다. 저자는 그것을 자신에게 찾아온 '윈터링'이라고 부른다. 혹독한 시련으로서의 추위와 어둠이 휘몰아치는 경험, 두 세계 사이의 틈 속에 빠져버리는 감정. 자연의 겨울나기처럼 삶에도 겨울나기와 같은 윈터링의 시기가 있다. 자연은 정해진 시기가 되면 오기 때문에 예상이라도 할 수 있지만, 우리 삶에서는 언제 들이닥칠지 전혀 예상할 수 없다.

저자는 자연의 겨울나기 모습에서 윈터링을 이겨내는 지혜를 배운다. 겨울의 식물이 앙상하게 보이지만 그 속은 생명을 창조하기 위한 꿈틀거림이 끊임없이 지속되고 있다. 동면에 들어가는 동물들은 먹이를 충분히 먹어두고 지방을 축적해 체온을 떨어뜨려 간간이 잠을 깨 점검하면서 긴 겨울을 버텨낸다. 식물과 동물에게 겨울이 감당해야 할 임무인 것처럼 '겨울은 내게 에너지는 좀 더 신중하게 쓰고 봄이 올 때까지 당분간 휴식을 취하라고 말하고 있다'며 인간도 마찬가지라는 것을 깨닫는다.

요즘 내 삶의 혼란스러움 역시 나에게 찾아온 '윈터링'일지 모른다는 생각이 들었다. 휴직하고 나서는 거의 매일 짧게라도 산책을 한다. 그럴 때면 마음도 함께 산책한다는 느낌이 들곤 한다. 산책을 하면 활어가 된 듯 맥박이 빨라지고 호흡이 가빠지는 느낌도 좋지만, 무엇보다도 삶에 여유가 스며드는 것 같아서 좋다.

휴직한 지 얼마 되지 않았을 때 친구가 "휴직하니 좋아?"라고 묻기에 "응 좋아. 뭐가 제일 좋냐 하면 화장실에 마음대로 갈 수 있는 거." 우린 동시에 빵 터져서 한참을 깔깔거리고 웃었다. 휴직하고 좋은 게 겨우 화장실에 가고 싶을 때 마음대로 갈 수 있는 것이라니. 말해놓고도 너무 웃겼다. 그런데 지어낸 말은 아니었다. 수업 중에는 흐름이 끊길까 봐 참을 때도 많았기 때문이다.

사실 휴직하고 나서 가장 크게 달라진 점은 사계절의 변화를 오감으로 오롯이 느끼고 살고 있다는 것이다. 어릴 땐 자연의 변화가 눈에 들어오지도 않았을 뿐더러 눈에 보여도 마음에 와닿지 않았다. 미세한 자연의 변화들이 얼마나 신기하고 아름다운지 나이를 먹어가면서 자주 느낀다. 달력을 보고 계절을 아는 것과 날마다 달라지는 햇살의 각도, 바람의 감촉, 이파리들의 변화로 계절을 느끼는 것은 다르다.

남파 간첩도 아닌데 휴직하고 느껴지는 평일의 한산한 거리, 출퇴근 시간을 피한 한산한 지하철과 버스도 어찌나 새삼스럽던지. 그렇게 해보고 싶었던 평일 오전 운동도 좋았다. 난 원래도 자유인이었지만 평일엔 직장에 매인 몸이었으니 평일의 자유로운 일상들이 모두 새로웠다.

마트 가는 길에 향긋한 라일락 향이 코끝에 스쳐 지나갈 때. 해가 서쪽 하늘에 걸릴 때쯤 노을을 보려고 베란다에 나갔는데 선선한 바람이 뺨과 목덜미를 스쳐 가던 순간. 무심코 올려다본 하늘이 어릴 때 숨이 차도록 뛰어놀다가 올려다본 그 파아란 하늘이랑 똑같을 때. 라떼(강아지)가 소파에서 쩍벌하고 막걸리 한잔 걸친 아저씨처럼 코를 골며 잘 때. 붓에 먹물을 듬뿍 찍어 막 글씨를 쓰려고 할 때, 그러다 어느 한 글자가 너무 마음에 딱 들게 쓰였을 때. 아주 짧게 스쳐 지나가는 충만함을 느낀 순간들을 그때그때 기록해 둔 것들이다.

무엇보다도 좋은 점은 평일에 카페에 갈 수 있다는 점이었다. 평일의 카페는 한산해서 좋다. 근처에 사는 친구와 합이 맞으면 가까운 교외로 나가 밥을 먹고 카페에 간다. 아니 카페에 가기 위해 밥을 먹는 것인지도 모른다. 우린 대형카페보다는 조용한 골목길에 있는 호젓한 카페를 선호한다. 커피 맛도 카페처럼 깊고 그윽하다.

조금 이른 봄에 친구와 근교로 나들이를 간 적이 있다. 그날도 뒷골목의 작은 카페를 찾았다. 2층 창밖이 바로 내다보이는 자리에 나란히 앉아 팝콘을 터트리기 직전의 벚나무 가지들을 바라보며 커피 맛을 즐겼다. 벚꽃이 만발할 때 왔다면 더 좋았겠지만, 아쉬운 대로 상상의 꽃나무를 그려봤다. 그 친구나 나나 평일의 카페란 일상에서 자주 오는 기회가 아니니 누릴 수 있을 때 한껏 누려야 한다. 몇 시간이 어떻게 흘러가는지도 모르고 내 얘기 네 얘기 나누며 일상의 보따리를 풀어헤친다. 내 삶에서 중요한 건 이런 소소한 만남의 시간과 거기에서 느껴지는 마음의 충만함이다. 이런 시간이 나에겐 마음의 산책이다.

넘쳐나는 시간의 향유가 감사하면서도 여전히 가끔은 잉여 인간이 된 듯한 느낌에 퍼뜩퍼뜩 움찔하기도 한다. 평일엔 어김없이 정시에 출근해서 일하던 생체시계의 습성이 아직 남아 있다는 증거다. 자유를 꿈꾸며 날개를 달고 날아다니고 싶은 새장에 갇힌 새처럼 굴더니 풀어줘도 날아가는 데 시간이 한참 걸리는구나 싶다.

누군가 말하길 아무리 애를 써도 바뀌지 않는 프로세스가 있으며 그것을 자신의 인격 일부로 수용할 수밖에 없다고 했다. 내 몸에 인이 박여 있던 프로세스를 바꾸려고 마음먹었으니 쉽지는 않을 것이라고 각오는 하고 있었다. 요즘 젊은이들 사이에 그런 말이 있다고 한다. '탈출은 지능순'이라고. 똑똑할수록 직장을 빨리 그만두고 나간다는 뜻이란다. 정말 지능 순인 걸까.

〈빠삐용〉이라는 영화가 있다. 주인공 빠삐는 살인 누명을 쓰고 종신형을 선고받은 죄수다. 수용된 교도소는 사방이 바다로 둘러싸여 있고 죽어서야 나올 수 있다는 악명 높은 곳이다. 자유를 꿈꾸는 빠삐가 높은 절벽에서 파도가 넘실거리는 바다로 뛰어내리며 탈출하는 장면으로 영화는 끝난다.

탈출은 지능 순이라기보다는 빠삐처럼 무모할 정도의 용기 순이다. 재빠른 판단력에는 지능이 필요할지 몰라도 실천으로 옮기는 추진력은 용기에서 나온다. 나도 지금 다이빙대 위에 서 있는 심정이다. 저 아래로 뛰어내릴 준비를 하고 있다. 마치 번지점프를 앞둔 심정이다. 두려움과 설렘이 혼란스럽게 교차한다. 하지만 확실한 것은 두렵기는 하지만 뛰어내리고 싶다는 것이다. 이때 중요한 것은 지능이 아니라 용기다. 요즘 나는 마음을 산책하며 그 용기를 모으는 중이다.

가끔은 침잠의 시기도 필요하다. 그런 때가 찾아오는 게 느껴지면 난 그냥 나를 내버려 둔다. 억지로 기분을 끌어올리려고 애쓰거나 감정을 부정하려 들지 않는다. 내 기분을 인정하고 나만의 방식으로 휴식을 취한다. 산책하거나, 위로받을만한 책을 골라 읽거나, 강아지 배를 긁어주거나 하면서. 가라앉을 만큼 가라앉다 보면 바닥을 만나게 되고 바닥을 치고 다시 올라올 때가 분명히 있다. 난 그게 보통의 심리적 리듬이라고 생각한다. 심리학을 따로 공부한 적은 없지만 내 경험으로 알 수 있다.

감정을 애써 부정하는 것보다는 인정하고 받아들이며 나를 보듬어주는 게 정상적인 리듬으로 돌아오는 데 훨씬 도움이 되는 걸 느낀다. 그런 과정이 마음의 산책이다. 겨울이 지나면 봄, 여름, 가을. 그리고 다시 겨울이 오듯이 우리 인생에도 언제든지 겨울이 찾아올 수 있음을 대비한다면 겨울을 지나는 중인지 모른 채 지나갈 수 있다. 봄이 되고 나서야 '아! 지난 계절이 겨울이었구나.' 하고 느끼는 것이다. 그렇게 겨울 산책이 지나고 나면 부쩍 성장하고 성숙해진 자신을 느낄 것이다.

원터링 시기에 마음 산책을 하고 나면 한 뼘 더 성장할 것이라 믿는다. 그런 믿음으로 평일 카페의 호젓함을 즐기기도 하고 소파 지정석에서 책에 빠져 현자들의 말에 귀를 기울인다. 오늘도 나 자신을 따뜻하게 보듬어주고 삶의 방향을 잡기 위해 열심히 내 마음을 산책하는 중이다.

나만의 퍼스널 컬러를
찾고 싶다

개인이 가진 피부색과 어울리는 색을 '퍼스널 컬러'라고 부른다. 똑같은 컬러의 옷인데도 누가 입으면 얼굴이 좀 더 밝고 화사한데 누가 입으면 얼굴이 칙칙해 보인다. 연예인뿐만 아니라 이미지 관리에 신경 쓰는 사람이라면 자신에게 어울리는 컬러나 톤을 찾기 위해 퍼스널 컬러 테스트를 하는 경우를 가끔 본다. 신기하게도 같은 노란색인데 다양한 톤에 따라 자기 얼굴을 더 살리는 컬러가 있는 것을 보면 각자에게 맞는 톤이 따로 있는 것 같다.

삶에도 퍼스널 컬러처럼 내 삶의 결에 맞는 톤이 있다. 나는 내 삶의 결에 맞게 살고 있는지 한참 생각에 빠져 있던 중에 『이어령의 마지막 수업』을 읽게 됐다. 같은 책을 읽어도 타이밍이나 처지에 따라 잊히지 않는 대목이 있다. '너답게 세상에 존재했어? 너만의 이야기로 존재했어?' 나는 존재했던가. 지금까지 나답게 존재했던가. 나만의 이야기로 존재했던가. 복부를 한대 얻어맞은 듯 심장에 비수처럼 박히는 말이었다.

어쩌면 길을 잃을까 봐 겁을 내거나 잃지 않으려고 안간힘을 쓰며 살아왔던 것 같다. 많은 사람이 가는 길이 옳은 길이겠거니 믿으며 살아왔다. 다수가 가는 길이라면 검증된 만큼 안전한 길일 거라는 안도감이 있었다. 하지만 우르르 몰려간다고 해서 반드시 옳은 길이라는 보장이 없으며 더군다나 나에게 맞는 길인지 알 수 없다. 길을 잃어봐야 자신을 제대로 볼 수 있다. 길을 잃어보지 않은 사람은 앞 사람의 뒤꽁무니만 보기 때문이다. '길을 잃어 본 사람과 앞사람 뒤통수만 쫓아다니며 혼자 길을 찾다 헤매본 사람 중 누가 진짜 자기 인생을 살았다고 할 수 있겠나.' 하는 말씀이 한동안 마음을 떠나지 않았다.

나는 지금까지 길을 잃어본 적도 없으며 길을 잃으면 큰일 나는 줄 알고 살아왔다. 그러던 어느 날 급브레이크가 걸리며 잘 걸어오던 길에 의심을 품고 방향감각을 잃었다. 내 안의 두 자아가 토론 배틀을 벌이며 팽팽하게 서로의 의견을 주장하기 시작했다. '이게 정말 네가 원하는 삶이니? 진짜 네가 원한 게 이거 맞아?' 하면, 다른 내가 '네가 복에 겨워서 그런 거지, 먹고 살기 힘들어 봐. 그런 생각할 겨를이 어디 있어?' 하며 끊임없이 배틀을 하고 있었다.

배틀을 중간에서 가만히 지켜보다가 진짜 내 마음이 어느 쪽인지 나도 몰라서 한쪽 손을 들어주기가 힘들 정도였다. 가장 쉬운 선택은 그냥 이대로 살아가는 쪽이다. 살던 대로 사는 게 가장 쉽다. 힘든 쪽은 굴러가는 바퀴를 멈춰 세우는 것이었다. 다른 일을 새로 시작할 용기가 나지 않았다. '괜한 객기 부리지 말고 남들도 다 그럭저럭 살잖아. 네가 뭐 그리 대단하다고…. 그냥 남들처럼 살아.' 하면서 애써 마음을 억눌러왔다. 그러나 인생에서 한 번쯤 길을 잃어본다는 것은 길을 잃는 것이 아니라 진짜 자신의 길을 찾는 과정이다. 그제야 나를 들여다보고 자신과 많은 대화를 나누고 새로운 눈으로 자신을 재발견하고 삶의 바운더리를 넓힐 수 있는 기회가 된다.

알베르 카뮈가 쓴 『이방인』의 주인공 뫼르소가 재판정에서 느꼈던 기분처럼 나도 내 삶의 이방인으로 살아온 것이 아닐까 하는 생각이 들었다. 분명히 내 인생이고 내가 살아오기는 했지만, 사회가 권유하는 보편적인 가치 기준에 끌려 다니며 '좋은 게 좋으려니' 하며 등 떠밀려 살아온 기분. 내 삶의 주인공은 나인데 남들이 인정하는 기준을 따른다면 누구를 위한 삶인 걸까. '좋은 게 좋은 것'이란 과연 누구에게 좋은 것일까. 뫼르소는 자포자기하듯 어떤 항변도 하지 않았지만 나는 남은 생만이라도 내가 하고 싶은 것이 무엇인지 찾아서 해보고 싶다는 강렬한 욕구가 솟구쳐 올랐다. 이제라도 내 인생의 주체가 되고 싶어졌다.

휴직하고 나서 일상에서 느끼는 체감속도가 달라졌다. 계절도 천천히 흘러간다. 주변의 모든 것이 느리게 보인다. 빨리 달리는 차 안에서 볼 때의 풍경과 천천히 달리는 차에서 보는 바깥 풍경이 달라 보이는 것과 비슷하다. 내 속도가 느려지니 보고 느끼는 것들에서도 여유가 묻어난다. 큰 목소리와 과장된 몸짓으로 존재감을 뽐내지 않고 깊은 강물처럼 조용히 흘러가도 좋다.

그것이 소극적이라거나 내향적이라고 해도 크게 신경 쓰지 않는다. 적극적이고 외향적인 것이 우월한 것이 아니라는 것을 알기 때문이다. 내가 좋아하는 것과 추구하는 방향을 확실히 알면 남들의 시선에 흔들리지 않는다. 더 단단해진 자아를 발견한다. 느려서 좋다. 마음이 평화롭다. 갑자기 주어진 시간을 주체 못 할까 싶었지만 아직은 만족이다. 친구는 이런 생활도 하루 이틀이지 10년이면 생각이 달라질지도 모른다고 하던데 그렇다고 해도 괜찮다. 모든 것이 완벽할 수는 없으니까 말이다.

지금의 내 일상이 매일 백 프로의 만족을 주는 것은 아니다. 과거에 했던 수많은 선택의 결과도 매번 만족스러웠던 것은 아니었다. 중요한 것은 나의 결정과 선택에 대한 책임이다. 내가 선택하고 결정한 것에 책임지는 삶. 그것에 대해 끝까지 무조건 참고 살아야만 한다고 고집하지도 않는다. 잘못된 선택이라는 판단이 들면 거기까지만 하고 미련 없이 포기하는 것도 선택지에는 있다. 심사숙고해서 결정해도 지나고 보면 후회와 아쉬움이 남는 것이 인생이다. 단 한 점의 흠결도 후회도 남기지 않겠다는 건 욕심이다. 지금 내가 한 선택들이 나중에 어떻게 연결되어 입체적인 삶을 만들어낼지는 모를 일이다. 삶이란 그렇게 전혀 예상할 수 없는 불확실한 것이니까 말이다.

과거에는 엄청나게 타격이 컸던 일이 지나고 보면 시간의 침식과정을 거쳐서인지는 몰라도 고만고만한 일이었구나 싶을 때가 있다. 인생에서 잠시 멈춤은 누구라도 선택할 수 있다. 우주에서 1년이란 시간은 먼지만큼도 안 될 텐데 그 정도의 틈조차 나에게 허용하지 못할까. 쉰다고 하면 무슨 큰일이 일어날 것 같지만 어떻게든 살아가게 돼 있다. 그렇다고 쉬는 동안 비약적인 성장을 하는 것도 아니다. 삶이란 아주 미세하고 끊임없는 발전과 성장이다. 파도가 밀려왔다가 밀려가듯이 우리의 일상도 매일 드나든 흔적도 없이 흘러왔다 흘러가는 것이다.

비행기가 목적지까지 비행할 때 정해진 항로를 이탈하기를 수없이 반복한다. 기상에 따라 또는 난기류를 만나거나 하면 항로를 잠시 이탈했다가 다시 제 항로를 찾아 돌아온다. 목적지가 분명하기 때문이다. 지금 나도 내 삶의 항로를 찾아가는 중이다. 지금까지 나답게 존재했는지 묻는다면 지금까지 살아온 삶도 충분히 나다운 것이었고 나만의 이야기였다고 답하겠다. 과거의 내 삶을 부정하지는 않는다. 다만 지금의 나에게 중요한 것은 현재부터 앞으로의 삶이다.

인생에 반짝이고 아름다운 보석 같은 뭔가가 숨겨 있을 것이라는 환상 가득한 나이는 벌써 지나고도 남았다. 삶에 색다른 기대나 환상을 품을 나이를 한참 지나서 약간은 서글프기도 하지만 말이다. 판타지 환상까지는 아니더라도 나만의 색깔로 살겠다는 작은 소망을 품어볼 수는 있지 않을까.

인생은 수많은 선택과 그 선택이 만들어낸 결과들이 모여 이루어지는 스토리다. 그 스토리의 주인공은 당연히 나 자신이다. 아무리 소심하고 내향적인 사람이라도 주인공 하기 싫다고 발뺌할 수 없는 것이 인생이다. 그러니 내 인생의 객체가 아닌 주체로 살아야 한다. 나이를 먹는다고 해서 주연에서 조연으로 바뀌는 것도 아니다. 영화가 끝날 때까지 주인공은 나 자신이다.

중요한 것은 삶의 선택에서 남들의 기준이 아니라 나의 기준으로 해야 한다는 것이다. 그동안 내 삶의 컬러가 나의 퍼스널 컬러인지 아닌지 확인해볼 생각은 하지 못했다. 하지만 내 삶의 퍼스널 컬러를 찾고 싶다는 바람은 아직 남아 있다. 아마 내 마음이 가는 방향이 나의 퍼스널 컬러일 것이다. 그렇게 디자인한 오십 대에서는 내가 중심이고 내가 주인공이다.

나를
놓아주기로 했다

모든 것은 마음에서 비롯된다. 나를 묶어두는 것은 그 어떤 것도 아닌 바로 나 자신다. 자신을 스스로 제한하고 한계선을 긋는 것으로부터 나를 놓아주는 것이 가장 먼저 필요한 일인지도 모른다.

나의 20대로 말하자면 남부럽지 않을 만큼 자유를 누렸다고 생각한다. 고등학교 때까지는 학교와 부모님께 묶인 삶을 살다가 집에서 멀리 떨어진 대학에 가면서 신체적으로나 정신적으로 구속받지 않는 해방감을 느꼈지만 진짜 자유는 경제적인 자유까지 이루어졌을 때다.

첫 발령지는 고향에서 멀리 떨어진 곳이어서 자취를 해야 했다. 교사들이 논다고 하면 뭔가 다를 것으로 생각하지만 교사도 사람인지라 학교를 벗어나면 남들 노는 것과 똑같이 논다. 물론 모두 그렇다는 것은 아니고 내가 그랬다. 초임 발령받은 학교에 동기들이 유난히 많아서 마치 대학 생활의 연장인 듯한 기분마저 들었다. 게다가 경제권도 생겼으니 이런 자유가 어디 있겠나.

월급날이 되면 마음 맞는 동기들 몇몇이 모여서 나이트(클럽)로 갔다. 그저 신나게 춤추고 스트레스를 푸는 것이 목적이었다. 그리고 그때는 우리나라에 포켓볼이 막 유행하기 시작하던 때였다. 호기심에 포켓볼을 몇 번 쳐보고는 재미에 빠졌다. 영화에서 보면 주로 불량배들의 취미가 당구였기 때문에 당구장에 대해 잘못된 고정관념을 가질 수 있다. 하지만 포켓볼은 스포츠의 한 종류다. 볼링은 건전하고 당구는 불량하다고 생각한다는 것도 선입견이었다는 걸 그때 느꼈다.

퇴근하면 마음 맞는 동기들과 바로 당구장으로 직행하곤 했다. 배가 고파지면 자장면을 시켜 먹으면서 치기도 했다. 자려고 누우면 천장에 포켓볼 공이 보일 정도였다. 그제야 남자들이 당구에 빠지면 천장이 당구대로 보인다는 게 이해가 됐다. 역시 타인을 이해하는 가장 좋은 방법은 직접 경험해보는 것이다. 자유를 누렸지만, 일탈의 경계선은 지키고자 노력하며 조절은 잘했던 것 같다.

그렇게 젊은 날의 자유를 한껏 즐겨서인지 어릴 때 놀지 못했던 것에 대한 미련도 후회도 전혀 없다. 다만 그때의 젊음과 자유가 그리워질 때는 있다. 지금에야 오십 줄에 들어 다시 자유로운 시간이 주어졌지만, 그때의 자유와는 색깔이 다르고 그렇게 놀고 싶은 마음도 없다. 이제 주어진 자유로운 시간을 진짜 나 자신을 위해 알차게 채우고 싶다는 생각이다.

진정한 자유를 꿈꾸며 그 실체는 무엇일까 생각하던 때에 이 책 저 책에서『그리스인 조르바』의 주인공인 조르바의 진정한 자유를 하도 칭송하기에 궁금증이 생겨 읽게 됐다. 작중의 화자(나)의 광산 개발에 조르바가 끼어들면서 함께 향한 크레타섬에서 벌어지는 이야기다. 고전소설치고는 이야기 구조가 아주 단순하고 대부분 대화체로 이루어져 있어서 읽기에 무난하다. 그런데 거의 반 정도 읽을 때까지 작가들이 왜 그토록 조르바를 극찬했는지 도저히 이해되지 않았다.

그의 거친 말과 행동에 더해 성추행에 가까운 여성 비하적인 말과 행동이 너무나 거슬렸다. 도대체 이런 사람을 왜 자유인이라고 칭송한 건지 이해가 안 됐다. 읽은 게 아까워서라도 중간에 포기는 못 하겠고 대단한 작가들이 입을 모아 그렇게 말한 데에는 그럴 만한 이유가 있을 것으로 생각하며 읽어나갔다. 거의 끝에 가서야 나는 두 손 두 발을 들고 말았다.

조르바는 그야말로 진정한 자유인임을 인정하지 않을 수 없었다. 그는 아이 같은 순수한 자유인이었으며 그가 하는 말과 행동에는 모두 순간순간의 진실이 담겨 있었다는 것을 거의 끝에 가서야 느꼈다. 니코스 카잔차키스가 이 작품을 현시대에 쓴다면 조르바의 자유를 다르게 표현했을 테지만 만약 지금 이대로 발표한다면 페미니스트들에게 테러당할 것은 불 보듯 뻔한 일이다. 이 작품은 1946년에 출판된 작품이다. 그러한 정서가 당연했던 시대적 배경을 감안하고 읽어야 한다.

조르바라는 사람 자체만 보면 그는 자유를 향한 우리의 갈망을 만족시켜주는 인물이다. 조르바는 자유를 추구하는 무의식을 끌어올려 구체화한 인물로서 살아 움직이는 듯하다. 조르바에게 위선이라고는 눈곱만큼도 찾아볼 수 없다. 내가 처음에 불편하게 느꼈던 거칠고 투박한 말과 행동은 마치 아이들의 그것과도 비슷한 것이었다. 호기심에 찬 눈으로 모든 사물을 처음 대하는 듯 바라보는 그의 순수함, 어떤 것에도 두려워하지 않는 용기, 그 무엇도 소유하거나 지배하려 들지 않는다. 사랑하는 여인조차도.

나는 그의 겉으로 보이는 말과 행동이라는 현상만 보고 거부감을 가졌을 뿐이었다. 그의 본질은 순수한 통찰력을 가졌으며 순간마다 진정 충실하게 감정을 표현했다. 오르탕스 부인을 향한 조르바의 사랑이 과연 진심인지, 노리갯감으로 치부한 거 아닌가 의심했던 마음이 부끄러웠다. 정열적이며 순도 높은 사랑의 모습은 조르바의 반전 매력이었다.

작중 화자(나)가 그렇게 많은 책을 읽고도 깨닫지 못했던 것을 조르바는 비록 학교 문 앞에도 가본 적이 없지만, 날것의 있는 그대로 느끼며 표현한다. 우리가 배워야 할 것은 학교가 아니어도 얼마든지 배울 수 있으며 경험으로 부딪히며 생생한 삶에서 얻는 지혜가 더 많을지 모른다. 화자(나)의 조르바에 대한 부끄러움과 부러움이 내 마음과 다르지 않았다.

책을 덮을 때쯤엔 난 이미 조르바에게 스며들어 그야말로 범접할 수 없는 참 자유인임을 인정했다. 내가 추구하는 것도 자유라고 말해왔지만, 감히 조르바의 발뒤꿈치도 따라갈 수 없는 것이었다. 작가인 니코스 카잔차키스에 대한 평은 내로라하는 작가들 사이에서도 대단하다.

크레타섬에 있는 그의 묘에는 생전에 그가 마련해 놓은 묘비명에 이렇게 쓰여 있다고 한다. '나는 아무것도 바라지 않는다. 나는 아무것도 두려워하지 않는다. 나는 자유다.' 작가 자신도 자유를 추구한 인물이었다.

조르바가 두목이라고 부르는 작중 화자(나)가 내 모습이 아닌가 싶었다. 나 역시 자유로운 인간이고 나를 묶어둔 것도 없고 발목을 붙잡는 것도 없다. 육아의 터널도 통과했고 이젠 뭐든 할 수 있을 때가 왔다. 아이들 때문에 못 한다는 핑계도 통하지 않는다. 문제는 신체의 자유가 아닌 정신적 자유일지 모른다. 과연 조르바와 같은 자유를 누릴 열린 마음이 있는가. 아이와 같은 마음으로 만물을 대하며 의욕에 넘쳐 본능과 욕구에 따르는 자유를 마음껏 누릴 수 있을까.

오십 대의 자유는 이십 대의 치기 어린 자유와 톤이 다르다. 모든 것을 다 알지는 못해도 어릴 때에 비하면 인생의 굽이를 돌아오면서 삶에 대해 조금은 겸손해졌고 깊이와 넓이도 조금은 달라졌다. 그렇다고 해서 자신감을 느끼지 못할 이유가 없다. 나이를 의식한다면 아무것도 할 수가 없다.

노인같이 사는 청춘도 있고 청춘같이 사는 노인도 있다. '내가 지금 나이가 몇인데 그것을 할 수 있을까?' 내지는 '해도 괜찮을까?' 하는 생각은 안 할 핑계를 찾는 것에 불과하다. 할 수 있는 것을 찾아본다면 무궁무진하다. 흔히 하는 말로 '~는 내일부터'라는 말은 살아온 시간보다 남은 시간이 더 많다고 느끼는 애들이 하는 말이다. 인생의 반을 넘어선 우리는 하고 싶은 것이 있다면 바로 지금 거침없이 해야 한다.

이래서 안 돼, 저래서 안 돼 하며 감정을 억압하려 들지 말고 마음이 내키면 내키는 대로 해보자. 시작해야겠다고 마음먹을 필요도 없다. 시작해야 한다는 자체가 뭔가 대단한 각오를 해야 할 것 같아서 더 부담스럽다. 시작하기 위해서 시작해야 한다. 무모하게 뛰어드는 용기 자체가 시작이다. 아이 같은 순수한 마음으로 해보는 것이다. 너무 많은 생각은 훼방꾼밖에 안 된다. 하다가 막히거나 문제를 발견하면 방향을 바꾸면 되고 정 안되면 못하더라도 일단은 그냥 바로 하는 것이다. 할 수 있을 때

하는 것이 얼마나 중요한지 점점 크게 느껴지지 않는가.

소노 아야코는 『약간의 거리를 둔다』에서 '나이가 들고부터는 큰 방향을 정하고 나면 사소한 것들은 그냥 흘러가는 대로 내버려 둔다'고 말한다. 사소한 것에 얽매이지 말고 큰 방향의 흐름을 따라서 내 인생의 결이 흘러가는 대로 나를 놓아주기로 했다.

욕망을 멈추면
존재가 보인다

인간이 추구하는 자유에는 두 종류가 있다고 한다. 하나는 '욕망의 자유'이고, 다른 하나는 '욕망으로부터의 자유'라고 말한다. 우리는 주로 욕망의 자유, 곧 선택의 자유를 추구하고 살아가며 세상은 그편을 장려한다. 하지만 둘 중에 어느 쪽을 선택할 것인가는 본인의 자유고 선택이다.

고백하건대 나는 완벽주의자였다. 완벽하게 해내지도 못하면서 완벽하게 해내고 싶다는 욕망에 짓눌려 살았던 것 같다. 공부나 업무에서는 완벽주의가 도움이 될 수 있지만, 그것이 나를 가장 힘들게 했던 때는 워킹맘 시절이었다.

살림도 육아도 일도 잘해내고 싶었다. 어느 하나 포기하고 싶지 않았다. 내가 맡은 일을 잘 해내지 못하면 무능한 것 같았고 자존심이 상하곤 했다. 작은 실수도 용납하지 못하고 바보같이 느껴지면서 자책감에 빠지기도 했다. 나에게 관대하지 못하고 자신을 들들 볶아 강박적으로 완벽을 추구하는 스스로 힘들고 지치게 만드는 성격이었다.

조금씩 달라지기 시작하였을 때는 내가 어떤 사람인지 직시하고 인정하고 난 후였다. 나 자신에게서 멀리 떨어져 바라보니 욕망덩어리인 내가 보였다. 잘한다는 인정을 받고 싶어 하는 내가 보였다. 쓸데없고 부질없는 욕망이었다. 더 이상 그렇게 살 수는 없다고 생각했다. 변화가 필요했다. 그때부터 집에서든 직장에서든 중요도에 따라 포기해도 되는 부분은 깨끗이 마음 접고 완급조절을 했다.

실수하거나 성에 차지 않더라도 스스로 느슨하고 관대해지려고 의식적으로 노력했다. 마음에 '천천히, 느긋하게….'를 생각하면서 일상의 속도를 조절했다. 살림을 잘하고 싶다는 집착을 내려놓고 내 몸이 감당할 수 있는 만큼만 했다. 설거짓거리가 쌓여 있거나 바닥에 먼지가 보여도 내 몸이 힘들면 두 눈 꾹 감고 내 몸을 먼저 챙겼다. 육체적으로 힘들면 정신적으로도 힘들어져서 사소한 일에 더욱 예민해지고 부정적인 감정이 올라오기 때문이다.

퇴근하는 순간부터는 직장에 관한 생각은 하지 않았다. 그렇게 하려고 퇴근 시간 내에 최대한 일을 마치려고 노력했다. 다 하지 못하더라도 정말 시급한 일이 아니면 집에까지 싸 들고 오지 않았다. 그렇게 하다 보니 일 처리 요령이 생기면서 미리미리 하는 노하우도 생겨서 어떤 후배한테는 '일을 빨리하는데도 항상 느긋하고 여유 있어 보인다'는 소리도 들을 만큼 달라졌다. 아직도 가끔 숨어 있던 강박이 튀어나올 때가 있다. 타고난 기질은 노력해서 어느 정도는 나아질 수 있어도 완전히 극복하기 힘든 선이 있는 것 같다. 하지만 전에 비하면 매우 느긋해졌다.

나와 비슷하게 완벽주의로 힘든 시기를 보내고 있는 워킹맘이 쓴 책을 읽은 적이 있는데 상담가가 작가에게 해주는 말이 와닿았다. 너무 잘하려고 하는 것도 열등감이라며 그보다 덜해도 충분하다고 했다. 나도 같은 시기를 지나왔기 때문에 워킹맘의 심정이 십분 이해가 됐고 상담가의 말도 인정할 수 있었다. 열등감이었다. 덜해도 충분한 것을, 나 이렇게나 열심히 했고 잘했다고 인정받고 싶은 마음이 있었던 거다.

인간은 완벽할 수도 없고 완벽해지려고 애쓸 필요도 없다. 그것을 알게 된 후로는 나에 대한 기대를 내려놓으니 홀가분해지고 편안해졌다. 못한 것에 대해 스트레스 받지 않고 할 수 있는 만큼만 하고 산다.

나에게 나침반 같았던 책 중 하나가 『내가 틀릴 수도 있습니다』라는 책이다. 내용도 훌륭하지만, 작가 얘기를 안 할 수가 없다. 스웨덴에서

1961년에 태어난 '비욘 나티코 린데블라드'는 대학을 졸업하고 다국적 기업에서 근무하며 스물여섯 살에 임원(역대 최연소 재무담당최고책임자)으로 지명될 정도로 능력이 출중했다. 그런데 돌연 마음 깊은 곳에 숨기고 있던 속내가 분출하며 그 자리를 포기하고 사직서를 낸다. 결정하는 데 5초도 걸리지 않았다. 그리고 태국 밀림의 숲속 사원으로 들어가 '지혜가 자라는 자'라는 뜻의 '나티코'라는 법명을 받고 17년간 수행을 했다.

어느 경지에 올랐다고 생각해 마흔여섯의 나이에 사원을 떠나 승복을 벗고 스웨덴으로 돌아와 사람들에게 자신의 깨달음을 전했다. 혼란스러운 일상에서도 마음의 고요를 지키며 살아가는 법을 전하기 시작한 것이다. 그러던 2018년 루게릭병 진단을 받는다. 그런데도 사람들에게 용기와 위로를 전하지만 2022년 '망설임도 두려움도 없이 떠난다'는 말 한마디를 남기고 숨을 거둔다.

『내가 틀릴 수도 있습니다』는 나티코가 생전에 남긴 단 한 권의 책이 됐다. 옆에 두고 몇 번이고 읽고 싶은 책이다. 요즘 명상을 하면서 마음 챙김(mindfulness)이라는 말을 많이 듣는다. 그런데 나티코는 이 용어가 편치 않다고 말한다. 한순간도 마음이 진정으로 충만하다고 느껴본 적이 없다며, 늘 허전해서 누군가로 또는 뭔가로 채워졌으면 하는 공간이 남아돌고 있다고 말한다.

나도 그랬다. 과연 진정 마음이 꽉 차도록 충만했던 적이 언제였던가.

우리가 삶에서 충만함을 느끼는 건 아주 찰나의 순간일 뿐이며 대부분은 공허함을 느끼며 살아간다. 나티코 본인이 추구하는 건 의식적 현존 상태, 즉 지금을 온전히 의식하며 살아가는 것이라고 말한다. 그래서 알아차림(awareness)이라고 말하는 게 더 좋다고 한다.

내가 감히 그분이 수행한 내용을 다 알지는 못해도 마음 깊이 공감했다. 아이들이나 동물은 그 순간에 온전히 존재한다. 현재에 온전히 집중하는 것이 중요하다는 말은 이제 너무 진부하게 들리지만, 과연 그 진부한 말을 실천하고 사는 사람이 얼마나 될까. 나도 그렇게나 다짐하건만 현재에 있지 않고 가끔은 과거를 후회하거나 다가올 미래를 걱정하거나 지금 이 자리 이 순간에 있지 못한 적이 얼마나 많은지. 진부하다고 쉽게 말하지만 실천하지 못하는 우리에겐 절대 진부하지 않은 것이다.

나티코는 말한다. "저는 여러분이 손을 조금 덜 세게 쥐고 더 활짝 편 상태로 살 수 있길 바랍니다. 조금 덜 통제하고 더 신뢰하길 바랍니다. 뭐든 다 알아야 한다는 압박을 조금 덜 느끼고, 삶을 있는 그대로 받아들이길 바랍니다."

나 역시 무엇이든 손에 꽉 움켜쥔 채 살려고 하지 않았던가. 물건에 대한 집착, 사람에 대한 집착, 감정에 대한 집착, 내가 옳다고 믿는 신념을 포함한 모든 대상에 대해 움켜쥐려고 하지 말고 주먹을 활짝 펴 보기로 했다. 깨달음을 얻은 수행자는 아니지만 적어도 노력은 해볼 수 있지 않을까. 책을 읽을 때는 감동의 쓰나미가 밀려오며 실천하리라 다짐하지만, 욕망의 지배를 받는 인간이라 수시로 나 자신을 일깨워야 한다.

지금의 내가 틀릴 수도 있고 맞을 수도 있다. 과거의 나를 지금에 와서 돌아보면 그렇게까지 그럴 일도 아니었다는 것을 이제야 알게 된다. 그때는 틀렸다고 생각했던 것이 이제 와서 보니 전화위복이 됐다거나 그런대로 괜찮았던 일일 수도 있다. 지금의 내가 맞는지 틀리는지는 알 수 없는 일이다. 우리가 할 수 있는 일은 남들에게 보이기 위한 삶이 아닌 내가 충만한 삶을 사는 것, 나에게 주어진 하루를 온전히 살아가는 것뿐이다.

식상한 말이지만 실천하기는 어려운 '오지도 않은 내일을 걱정할 필요가 없다.'라는 말이 백번 옳다. 무의식을 어떻게 활용하느냐에 따라 우리 인생은 달라질 수 있다. '원숭이를 생각하지 마세요.' 하면 원숭이만 생각난다. 뇌는 부정어를 처리하지 않는다고 한다. 뇌는 '~하지 말라'는 것보다 '원숭이'를 우선 기억한다. 그러니 걱정을 하고 앉아 있는 것은 그 일이 일어나게 해달라고 비는 기도를 하는 것이나 마찬가지라는 것이다.

멀리서 볼 때 아무리 완벽해 보이는 타인의 삶이라도 완전히 행복하기만 한 삶은 없다. 어느 쪽을 추구하는 것이 더 행복한 삶이 될지는 자신에게 달린 문제다. 어떤 선택을 하든 그것은 본인의 자유다. 자신에 대한 기대와 강박으로 옥죄는 삶을 살 것인가, 손바닥을 활짝 펴고 삶을 있는

그대로 받아들일 것인가. 욕망을 멈추면 존재가 보이고 존재가 중심이

되는 삶이면 그것으로 충분할 것이다.

내 인생의
빌런은 누구인가

영화나 드라마를 보면 빠지지 않고 등장하는 빌런이 있다. 주인공을 괴롭히며 끊임없이 방해하고 온갖 사악한 짓을 하는 악당이다. 갈등을 일으키는 주체이지만 빌런이 없다면 스토리는 재미없고 밋밋해지기 쉽다. 우리 인생을 한 편의 영화라고 한다면 분명히 등장하는 빌런이 있다. 직장에서 매일 부딪히는 상사일 수도 있고 동료일 수도 있다. 내 인생의 장애물이라는 생각이 드는 어떤 누군가가 떠오를 것이다. 나를 방해하는 내 인생의 빌런은 과연 누구일까.

아무리 출중한 능력을 타고났더라도 실제로 경험해보지 않으면 자신에게 능력이 있는지도 모른 채 살아간다. 개그우먼 김민경이 그런 경우다. 성인이 될 때까지 운동하고 싶다고 생각해본 적도 없고 심지어 운동을 싫어했는데 한 프로그램에서 벌칙으로 운동을 시작하게 됐다.

그런데 남들은 열심히 노력해야 할 수 있는 수준을 김민경은 크게 힘들이지 않고 그냥 했는데 뛰어난 능력을 발휘한 거다. 그때 본인이 몰랐던 잠재적 운동능력을 발견하게 됐고 급기야는 사격 국가대표로 세계대회까지 참여했다. 자신에게 숨어 있는 재능이 무엇인지는 경험해보지 않으면 모른다. 평생 모르고 살다가 죽을 수도 있는 것이다. 그러고 보면 자기 재능을 찾지 못하고 사는 사람들이 얼마나 많을까 싶다.

나는 교직 외에 다른 경험을 해본 적이 없었기 때문에 섣불리 다른 일을 시도해볼 엄두가 나지 않았다. 가슴 뛸 정도로 엄청나게 하고 싶은 분야를 발견한 건 아니었지만 대학을 다니는 동안 막연하게나마 다른 일을 해보면 어떨까 하는 생각을 해본 적이 있기는 했다. 어린 나이였고 내 운명을 어떻게 바꿀 자신이 없다는 무력감에 시도하지 못했다. 내게 주어졌던 환경이나 조건을 탓하고 싶은 마음은 없다. 그건 무책임한 핑계라고 생각하기 때문이다.

하지만 결혼하고 아이들을 키우면서도 내 안의 무의식은 주기적으로 자꾸 나를 건드리고는 했다. 그럴 때마다 나를 주저앉히고 안주하게 만든 건 바로 나 자신이었다. '이미 안정적인 직업이 있는데 박차고 나가서 네가 뭘 하겠다는 거야. 딱히 하고 싶은 확실한 게 있는 것도 아니면서 이미 전문적으로 일을 하는 사람들과 어떻게 경쟁할 건데…'라며 스스로 달래곤 했다.

역설적이지만, 교직이라는 안정적인 직업 특성이 진짜 하고 싶은 일을 방해하는 장애물 같다. 다양한 경험을 해봐야 어떤 재능이 있는지 찾아낼 수 있는데 나는 어릴 때 그런 경험을 해본 적이 없었다. 그래서 어른이 돼서라도 그런 갈증을 해소하고 싶어서 이것저것 많이 배워보려고 노력했던 것 같다.

나를 방해하는 또 다른 요소는 능력의 한계를 스스로 정하는 것이다. 자기 능력을 과대평가하는 것도 문제지만 지나치게 과소평가하는 경우도 대단히 많다고 생각한다. 특히 한국 사람들은 겸손이 지나쳐서 조금만 칭찬을 받아도 받아들이지 못하고 부정하거나 어쩔 줄을 모른다.

펜실베이니아 대학 강의 중에 교수가 한 간단한 인터뷰를 본 적이 있다. 백인 학생 한 명과 동양계 학생 한 명을 불러냈다. 앞으로 불려 나온 학생은 백인계 여학생과 한국 여학생이었다. 교수가 먼저 백인 여학생에게 묻는다. 본인이 똑똑하다고 생각하는지, 무엇을 잘하는지. 백인 여학생이 대답한다. 똑똑한 편이라고 생각하며 수학도 잘하고 작문 능력도 좋다고. 취미가 뭐냐고 묻자 테니스라고 답한다. 테니스도 잘하느냐고 물으니 잘한다고 생각한다고 대답한다.

이번엔 옆의 한국 여학생에게 묻는다. 주로 시간이 나면 무엇을 하냐고 하자 학생이니까 주로 공부라고 한다. 그 외에 시간이 나면 수영도 한다고 하니 잘하느냐고 묻는다. 한국 학생은 7년 정도 배웠으니까 어느 정도는 하는 것 같다고 대답한다. 공부도 잘하느냐고 묻자 잘 모르겠다고 한다.

교수가 백인 학생에게 성적은 어떠냐고 물으니 성적 얘기하는 건 좀 불편하다며 웃는다. 교수는 짓궂지만 계속 묻는다. 아까 똑똑하다고 하지 않았냐며 3.0은 넘냐고 하니 백인 학생은 그렇다고 한다. 이번에도 한국 학생에게 전공 학점이 어떻게 되냐고 묻는다. 쑥스러워하자 계속 추궁하며 물은 결과 3.6으로 4학년이고 이번 학기가 끝나면 졸업하는데 사실 학년으로 따지면 2학년이라고 한다. 2년 조기졸업이라는 것이었다. 그러자 객석에 앉아 있던 학생들의 박수갈채가 쏟아진다. 교수도 매우 놀라워하며 이런데도 아직도 자신이 똑똑한지 모르겠냐고 한다.

교수는 자신이 준비한 자료를 보여주며 서양 사람들의 사고방식은 실제 능력은 그 정도까진 아닌데 고평가하는 경향이 있다고 한다. 한국 학생에게 부모님이 자랑스러워하시냐고 물으니 학생은 그런 느낌은 못 받았고 남들에게 크게 자랑하시지도 않는 것 같다고 한다. 그러자 교수는 백인 학생에게 만약에 이런 상황이라면 부모님이 어떻게 하시겠냐고 하자 아마 페이스북에 매일매일 올릴 거라고 해서 웃음이 터진다.

교수는 자료를 보여주며 동양 문화를 살펴보면 자신을 과소평가하는 경향이 있다는 것이었다. 잘하지 못하는 것에 초점을 맞추고 자기 비판

적이라는 것이다. 이런 말을 듣고도 그 한국 학생은 자기 성적이 그리 높은 성적은 아니잖냐며 겸손해한다.

실제로 우리도 칭찬을 들으면 '나 말고도 잘하는 사람이 얼마나 많은데…'라고 생각하며 칭찬을 잘 받아들이지 못한다. 나 역시 칭찬을 어색해했던 사람인데 요즘은 칭찬의 말을 들으면 "아니에요."가 아니라 "감사합니다." 하며 고마움을 표현하려고 한다. 물론 나보다 잘하는 사람은 많을 것이다. 우리는 최고가 아니면 잘하는 것이 아니라고 생각한다. 우리는 왜 이렇게 생각하는 것일까. 일등주의, 비교의식이 강하기 때문이다. 남과 비교하려고 하지 말고 어제의 나보다 나아지면서 한 발씩 나아가면 된다. 남과 비교해서 '나는 이 정도밖에 못 할 거야.'라는 셀프한계를 정하지 말자. 셀프 한곗값을 어제의 나보다 조금 더 나아지는 정도로 정하면 충분하다.

그리고 또 하나의 방해 요소는 실패에 대한 두려움이다. 삶의 전환점에 섰을 때나 무언가를 새롭게 시작해보려고 하면 용기와 두려움이 마음 안에서 맞서 싸운다. 두려운 마음은 내가 지금 못하는 핑계를 친절하게도 찾아내서 알려준다. '애가 지금 고등학교 2학년이잖아. 한참 입시 준비로 공부할 때인데 엄마가 먹거리도 잘 챙겨주고 더 신경을 써 줘야 할텐데 내가 그걸 할 시간을 낼 수 있겠어.' '지금은 살이 너무 쪘어. 필라테스 옷을 입으면 그 살들이 울룩불룩 튀어나올 텐데 필라테스는 살을 조금 더 뺀 다음에 시작하자.' 평상시에는 생각도 안 나던 아이디어들이 이럴 때는 신기하게도 마구마구 떠오른다. 지금까지 살던 대로 편하게 살라는 악마의 속삭임이 귓전에서 유혹한다.

실패에 대한 두려움은 아주 정상적이라고 한다. 원시적인 뇌는 위험에 노출되기를 꺼린다. 안정적인 삶에서 새로운 삶으로의 전환은 세렝게티로 뛰어들 만큼의 용기가 필요하다. 그러니 그런 두려움을 갖고 있다는 건 건강한 뇌를 갖고 있다는 사실의 반증이라고 한다. 그러니 너무 좌절할 필요는 없다.

하지만 내 인생에서 가장 중요한 것이 무엇인지, 오십이 된 나에게 가장 중요한 가치는 무엇인지 오직 그것만 생각해보면 조금 더 용기를 내볼 수 있다. 새로운 삶으로의 전환이 천적한테 잡아먹힐 정도의 위험은 아니며 죽음을 불사할 정도까지도 아니다. 역으로 생각해서 내일 당장 죽음이 닥친다고 생각한다면 못 할 것도 없다. 절대로 실패하지 않는 방법은 포기하지 않고 꾸준히 하는 것이다.

요즘 유행하는 말로 '중요한 건 꺾이지 않는 마음'이라고 하지만 무슨 일이든 하다 보면 벽을 만나게 된다. 하다가 중간에 꺾이면 어떤가. 누구 말대로 '사람이 하다 보면 꺾일 수도 있는 거지' 하면서 그 자리에서 훌훌 털고 다시 시작하면 된다. 중간에 초심을 잃거나 벗어나더라도 자책할 필요는 없다. 누구나 그럴 수 있으니까. 힘들면 잠시 쉬었다 가더라도 끝까지 포기하지만 않고 간다면 어딘가는 도착할 것이다. 자꾸 할 수 없는 핑계를 찾는 것은 스스로 징크스를 만드는 것이다.

단 정말 아니다 싶을 때는 '꺾을 수 있는 마음', '포기할 수 있는 마음'도 용기일 수 있다. 습관적인 포기가 아닌 심사숙고한 결정이라면 존중해줘야 한다.

내 인생의 빌런이 누군지 제대로 알아야 맞설 수 있다. 무언가를 시작하려고 할 때마다 나를 방해하는 가장 큰 요소는 다른 그 무엇도 아닌 바로 나 자신이다. 다른 어떤 무엇 때문에 안 된다, 못한다고 생각하지만 잘 들여다보면 진짜는 내 마음이 방해하고 있다. 내 인생의 빌런은 바로 나 자신인 것이다.

다르게 살고 싶다면
다른 선택이 필요하다

'내 속엔 내가 너무도 많아 당신의 쉴 곳 없네'로 시작하는 〈가시나무〉라는 노래가 있다. 1988년 '시인과 촌장'이라는 듀엣이 불렀던 것을 2002년에 조성모가 리메이크하면서 다시 알려진 노래다. '시인과 촌장'의 한 분인 하덕규 님이 누나 손에 이끌려 교회에 다녀와서는 단 10분 만에 작사했다는 비하인드 스토리가 전해진다. 그래서 노랫말을 기독교적으로 해석하기도 하는데 존재란 종교를 떠나 인간 본연의 문제이며 철학적인 해석도 가능하다. 마니아들 사이에서는 카세트 테이프가 늘어질 정도로 들었던 노래로 나 역시 그중의 한 명이었다.

20대, 내 안의 수많은 자아가 갈 길을 찾지 못하고 서로 부딪히며 갈등하고 괴로울 때마다 이 노래를 들으며 얼마나 처절히 공감했던지. 두려움, 애정결핍, 질투, 욕망, 희망, 슬픔, 고독, 자신감이라곤 밑바닥으로 곤두박질치다가도 때로는 이유 모를 자만심이 솟구쳐 오르곤 했다. 감정의 롤러코스터에 멀미가 날 지경으로 갈피를 못 잡고 다른 어떤 것이 비집고 들어올 틈이 없을 만큼 내 안의 나로 꽉 차 있던 시절이었다. 이젠 세월이 지나 많이 덜어내고 빼내서 조금 안정된 편이기는 하지만 여전히 틈만 나면 비집고 올라오는 수많은 내가 있다. 어떤 것이 진짜 나인지를 따지는 건 중요하지 않다. 모두 다 나라는 걸 이젠 안다.

결혼을 하면 내가 보고 싶지 않았던, 또는 남에게 들키고 싶지 않았던 내 모습의 밑바닥을 확인한다. 그건 상대도 마찬가지다. 살다 보면 서로 궁극의 밑바닥까지 훤히 까발려지는 게 결혼생활이다. 그때부터가 진짜 결혼의 실체다. 전혀 다른 두 인간이 만나 가족이라는 공동체를 이루고 몇십 년을 살아간다는 건 서로의 바닥까지 수용하지 못한다면 불가능한 일일 것이다. 결혼에서 육아로 이어지며 환상이 깨지는 실제 현실은 나의 비루한 모습을 스스로 확인하는 과정이었다.

가족관계 안에서 엄마, 아내, 딸, 며느리에게 부여되고 기대되는 역할 행동을 해내는 과정은 끝이 없는 자기 수양임을 느낀다. 나를 너그러운 마음으로 이해해주고 격려해주고 안아줘야 한다는 걸 알게 되면서 인생에 대해 조금은 말할 수 있게 됐다. 아직도 멀었지만, 지금의 내가 전에 비해 조금이라도 다듬어졌다면 그 과정을 지나왔기 때문이다. 아프고 힘들지만 스스로 정과 망치를 들고 모난 구석을 깎아내지 않으면 살 수가 없다. 인생이란 끊임없는 자기성찰의 과정이며 그러면서 조금씩 둥글어지는 과정인 듯하다.

우리는 인생에서 비슷한 상황을 맞닥뜨렸을 때 매번 비슷한 선택을 하곤 한다. 익숙한 것을 선택하는 것으로 '반복 강박'이라고 부른다. 예를 들어 야식이 건강에 해롭다는 걸 알고 야식을 줄여야지 마음을 먹었으면서도 날이 어둑해지면서 헛헛함이 느껴지면 야식을 먹고 있는 자신을 발견하는 것이다.

러시아의 대문호 도스토옙스키도 반복 강박에서 벗어나지 못하고 도박에 빠져 아내 결혼반지까지 전당포에 맡겼다고 한다. 테니스 선수 나달의 반복적인 루틴은 이미 유명하다. 서브를 넣기 전 땅을 고르고 라켓으로 발을 털고 바지 엉덩이를 빼고 어깨를 한번, 귀와 코를 번갈아 만지다가 공을 세 번 땅에 튀긴다. 이런 것도 일종의 반복 강박이다. 이런 반복 강박의 원인은 두려움과 불안이나 결핍이다.

다르게 살아보고 싶다면 반복 강박에서 벗어나는 연습이 필요하다. 조금은 다른 선택을 해볼 용기를 내보는 건 어떨까. 뭔가 하려고 하다가 매번 코앞에서 포기했던 나, 용기 내지 못했던 과거와 달리 새로운 선택을 하는 연습을 해보는 것이다. 아주 사소한 일부터 말이다. 매번 같은 물건만 사용했다면 다른 것을 사용해보기도 하고 새로운 음식에도 도전해보고 다른 길로도 가보는 것.

대단하지도 않은 일이지만 익숙하지 않은 선택을 하는 데에는 생각보다 용기가 필요한 일이다. 익숙한 것을 선택하는 것에는 고민이 필요하지 않다. 매일 다니는 출퇴근길이나 운전하는 것을 생각해보면 깊이 생각하지 않고 습관적으로 한다. 하던 대로 아무 생각 없이 하는 것이다. 그래서 익숙하지 않은 새로운 것을 해보는 것은 연습이 필요한 아주 작은 도전이다.

마치 미국판 〈나는 자연인이다〉 같은 박혜윤의 『숲속의 자본주의자』에 나온 삶의 방식을 보며 자기 확신이 없다면 과연 이렇게 살 수 있을까 싶었다. 유수의 대학을 졸업한 후 기자 생활을 하다가 홀연 남편도 본인도 생업을 모두 정리하고 두 딸과 함께 작은 시골 마을로 들어가 오래된 집에서 산다. 농사를 지으려던 계획을 포기하고 원시인과도 같은 채취 활동을 한다. 그렇게 한 까닭은 친환경 농사를 짓겠다고 생각했지만, 농사를 지어보니 전혀 친환경스럽지 않더라는 것이었다. 대신 주변에 지천으로 널린 블랙베리와 야생초를 채취하고 통밀을 갈아 빵을 구워 일주일에 이틀만 빵집을 연다.

이렇게 살아보는 것은 일종의 실험이라고 말한다. 정기적인 임금노동을 하지 않고 얼마나 살 수 있는지 알아보겠다는 것이다. 자연주의적인 삶이면서도 쾌락주의를 추구하는 인생관이 엿보인다. 삶의 방식은 너무나 다양하며 각자의 선택이므로 옳고 그름을 함부로 말할 수 없다. 그래서 이런 삶을 선택할 수 있었던 용기에 존경과 존중의 마음이 크다.

교육심리학 박사인 이분의 말 중에 특이한 점이 자존감을 믿지 않는다는 것이었다. 나도 비슷한 생각을 하고 있었기 때문에 책을 읽다가 내 마음과 맞아떨어지는 구절을 만나면 일종의 쾌감을 느낀다. 자존감이란 단어를 사용한 지는 한참 됐으며 여전히 중요하다고 말하지만 '그렇게까지 중요한 것일까?' 하는 의구심이 들 때가 많았기 때문이다.

자기 확신에 있어서 자존감보다는 '자기효능감'이 더 효과적이라고 믿는다. 자기효능감이란 '자신이 어떤 일을 성공적으로 수행할 수 있는 능력이 있다고 믿는 기대와 신념'이다. 내가 자기효능감을 높이는 방법은 처음부터 도달하기에 너무 벅차고 힘든 큰 목표를 세우지 않는 것이다. 실현 가능한 작은 목표를 세우고 성취하면 뿌듯하고 자신감이 생긴다. 그다음에 조금 더 높여 실현 가능한 목표를 세운다. 그런 식으로 나의 능력치를 높여가면서 자기효능감을 끌어올리고 자기 확신의 범주를 넓혀간다.

확신이란 믿음이다. 믿음이란 그것이 실현되지 않고 눈앞에 증명돼 보이지 않아도 그렇다고 생각하는 것이다. 종교에 대한 믿음이란 것도 그

렇지 않나. 신을 눈으로 확인하지 않아도 믿음이 있을 때 그를 신자라고
한다.

자기 확신도 마찬가지다. 내가 목표로 하는 어떤 것을 해내지 않았어
도 그것을 할 수 있다고 나를 믿어주는 것. 그것이 자기 확신이며 나에
대한 믿음이다. 나를 믿는 것이 중요한 까닭은 그것을 추진력으로 하여
나아갈 수 있는 동력을 얻기 때문이다. 나에게 물을 주고 거름을 주는 마
음으로 믿어줄 때 그 마음이 나를 단단하게 만들어줄 수 있다. 그리고 항
상 해오던 반복 강박에서 벗어나 다른 선택을 하고 다른 인생을 살 수 있
다.

지금까지 해온 선택과 비슷한 선택을 한다면 앞으로도 계속 똑같은 삶
을 살아갈 것이다. 다르게 살고 싶다면 다른 선택을 해야 한다. 항상 비
슷한 선택을 하면서 삶이 달라지기를 바란다면, 다른 것을 먹고 싶다고
생각하면서 매일 밥만 먹고 앉아 있는 것과 다를 바 없다.

인생의 변곡점을 만났을 때 자기 내면을 마주하는 것이 얼마나 중요한
것인지 새삼 깨닫는다. 터닝포인트를 만나도 그것이 전환점이 될 기회인
지도 모른 채 항상 하던 대로 같은 선택을 한다면 똑같은 삶을 살아갈 수
밖에 없다. 하던 일을 그만두라는 것이 아니고 달라져야 한다고 강요하
지도 않는다. 그 길을 선택했다면 그것도 하나의 선택이고 마땅히 존중
받아야 할 선택이다. 다만 다르게 살고 싶은 사람이라면 다른 선택을 해

야 한다.

반복 강박에서 벗어나기 위해서는 자기 내면이라는 빌런과 치열한 갈등을 마주해야 한다. 사소한 도전부터 시작해 자기효능감을 끌어올려 자기 확신이 강해진다면 다음엔 조금 더 큰 용기가 필요한 일에 도전해볼 수 있다. 남들에게 인정을 갈구하지 말고 나부터 나를 믿어주며 자기효능감을 키워보자. 그렇게 만들어진 자기 확신의 힘으로 불안과 두려움에서 벗어나 다른 삶을 살아볼 용기를 갖게 해줄 것이다.

3장

설레는

오십을 위한

마음의 준비

너무 늦었다는
착각

우리 집 현관을 들어서서 신발을 벗고 눈을 들면 바로 보이는 그림이 있다. 제목은 〈봄〉으로 미국의 한적한 옛 시골 마을 풍경이다. 저 멀리 언덕배기에 드문드문 커다란 나무들이 몇 그루 서 있고 파릇파릇한 신록의 나무들이 보인다. 옆으로는 작은 강이 흐르는데 물레방아가 힘차게 돌아가고 뱃놀이를 즐기는 사람도 눈에 띈다.

각자 분주하게 농사일하는 사람들이 보이고 마차를 타고 어디론가 가는 사람, 말을 타고 다리를 건너려는 사람도 보인다. 아주 평화로운 봄날의 풍경을 담고 있다. 한참을 보고 있으면 미국의 시골 마을이 아니라 어릴 때 방학하면 자주 놀러 갔던 시골 외갓집에서의 추억이 떠올라 마음이 저절로 따뜻하고 푸근해진다.

이 그림은 내가 좋아하는 미국 할머니인 모지스 할머니의 그림이다. 76세에 그림을 그리기 시작해서 101세까지 1,600여 점의 작품을 남긴 미국의 국민화가로 유명하신 분이다. 이분의 그림을 보는 순간 빠져들지 않을 수가 없다. 우연히 그림을 발견하고 이런 그림을 그린 화가는 대체 누구일까 찾아보다가 할머니를 알게 되었다.

그림 대부분은 시골의 자연을 배경으로 각자 일거리에 빠져 성실히 일하고 있는 모습이다. 자연을 바라보는 할머니의 사랑스러운 눈길이 오롯이 느껴진다. 서로 도와가며 농사일을 하는 풍경을 보고 있으면 사람들 사이에 오가는 정이 그림 밖에까지 흘러넘치며 마음이 편안해진다. 한편으로는 아이가 그린 것처럼 보일 정도로 순수하다.

『인생에서 너무 늦은 때란 없습니다』라는 책에 그분의 어린 시절부터 평생의 이야기가 담겨 있다. 할머니는 가족들을 먼저 하늘나라로 보내고 수를 놓으면서 외로움을 달래다가 관절염이 심해져 바느질을 못 하게 되자 붓을 들어 수를 놓듯이 그림을 그리게 되었다고 한다. 그것을 시작으로 101세에 돌아가실 때까지 붓을 놓지 않으셨다. 주로 할머니가 어렸을 때 자랐던 시골의 풍경을 많이 그렸는데 외국 풍경화임에도 불구하고 전혀 이질감이 들지 않고 우리네 시골 마을 같은 친근한 느낌을 준다.

사십 대라도 '난 너무 늦었어.'라고 생각하는 사람도 있고, 삼십 대에도 늦었다고 생각할 수 있다. 뭔가를 하는 것은 그것을 언제 시작하느냐가 그리 중요한 것이 아니다. 할머니를 보면 의지와 실행력이 더 중요하다는 걸 새삼 느낀다. 하고 싶은 것이 있다면 나이를 생각하지 말고 바로 오늘, 바로 지금, 내가 할 수 있는 것부터 시작하면 된다.

조금 더 시간을 거슬러 올라가 19세기와 20세기에 걸쳐 프랑스에 살았던 루이 비뱅이라는 화가가 있다. 어릴 적부터 그림에 대한 비뱅의 재능은 특출 났는데 눈여겨 본 지역의 신부는 비뱅에게 수채화 화구를 선물하기도 했다. 에피날 중등학교에서 잠시 그림을 배우기도 했지만 재정적인 이유와 아버지의 반대로 꿈을 포기해야 했다. 고향을 떠나온 비뱅은 파리의 우체부가 되어 47년간 몽마르트르의 아파트에 살았다. 버릴 쓰레기조차 없을 정도로 궁핍하게 살았지만 우체부로 일하면서도 틈틈이 스케치북을 펼쳐 그림을 그리며 화가의 꿈을 키웠다. 프랑스 전역을 기차의 우편 칸에 실려 이동하면서 전국에 있는 우체국의 위치를 정확히 파악했고 그 덕분에 프랑스의 모든 우체국을 표시한 우편 지도를 그릴 수 있었다. 그가 그린 지도 시리즈는 정부가 수여하는 교육공로훈장을 받았고 감독관으로 승진도 했다.

42년을 근무한 우체국에서 정년 퇴임하고 62세가 돼서야 정식 화가로 첫발을 내딛으며 캔버스 앞에 앉았다. 비뱅은 '즐길 수 있다면 그때가 가장 좋은 때다.'라는 생각으로 그림을 그렸다고 한다. 그의 그림은 독학으로 배웠기 때문에 어디서도 볼 수 없는 독창적인 그림이다. 그의 그림을 보면 세상을 바라보는 아이 같은 순수하고 따뜻한 시선이 느껴진다. 대성당이나 건물의 벽돌 하나하나까지 섬세하게 표현한 그의 관찰력에 놀라기도 하고 로맨틱한 사랑과 행복이 느껴져서 감동과 위안으로 다가온다.

비뱅과 비슷한 시기에 생업에 종사하면서 독학으로 그림을 그렸던 앙리 루소도 있다. 22년 동안 파리에서 말단 세관으로 일하며 일요일에만 그림을 그렸다. 49세에 퇴직 후에 본격적으로 화가의 길을 갔다. 그의 특이한 점은 이국적인 정글이나 사막 그림을 많이 그렸는데 태어나서 단 한 번도 프랑스를 떠난 적이 없다는 것이다. 파리의 자연사 박물관과 식물원, 동물원을 수없이 자주 찾았으며 인쇄물과 사진집을 참고해서 상상으로 그린 것이다. 유명한 작품으로 〈잠자는 집시 여인〉이 있다. 비뱅이나 루소처럼 정규 미술교육을 받지 않고 독학으로 늦은 나이에 미술에 입문한 화가들이 그린 그림이 우연히 미술사학자인 '빌헬름 우데'의 눈에 띄어 소박파라는 이름으로 전시회를 열었다. 반응은 폭발적이었다고 한다.

비뱅이나 루소를 보면 언제 시작하느냐는 그리 중요한 것이 아니라는 생각이 든다. 그들의 목표가 과연 성공한 화가가 되는 것이었을까. 그림을 향한 열정과 용기가 그들을 이끌었던 것이 아닐까 싶다. 늦은 것이 나쁜 것만은 아니다. 무기력할 수도 있는 노년을 더욱 열정적으로 살고 싶게 만들어주지 않을까.

방송 채널을 돌리다가 어느 예능 프로그램에서 지나가듯이 짧게 나오신 분으로 성함도 모르지만 인상적인 분이 있다. 83세 할머니가 중학교 3학년 교실에 앉아 손주 같은 아이들과 똑같은 교복을 입고 공부하고 계셨다. 맨 뒤에 앉아 수업에 집중하는 영락없는 여중생 같은 할머니 모습에서 배움에 대한 간절함이 느껴졌다. 학년에 한 학급밖에 없는 시골의 작은 학교였는데 초등학교 때부터 그 아이들과 한 학급에서 공부해서 9년째 친구처럼 지내는 중이라고 하셨다.

어떻게 그 연세에 교복을 입고 같이 공부할 용기를 내셨을까 놀라웠다. '이 나이에 교복을 입고 다니면 나를 어떻게 볼까'를 의식했다면 감히 하지 못하셨을 것이다. 배우고 싶다는 절박한 마음이 다른 사람들의 시선이나 평가보다 할머니에겐 더 중요했을 것이다. 내일 죽더라도 하나라도 더 알고 배우고 싶다는 강렬한 열망. 그런 마음이라면 용기 내지 못할 일이 무엇이 있을까.

우리가 잘 아는 박완서 작가도 사십 대에 등단하신 걸로 이미 유명하다. 집안일을 마치고 식탁을 책상 삼아 쓴 『나목』이란 작품으로 등단하셨다. 사십 대에는 되는 것이 오십 대에는 안 될까. 그리고 육십 대에는 안 될까. 몸을 움직일 수 없다거나 깊은 병이 있지 않다면 나이 때문에 안 된다는 말은 핑계에 불과하다.

최근 10년간 노벨상 수상자의 평균연령이 69세이며 연령대가 점점 높아지는 추세라고 한다. 나이가 많아지면 기억력이 점점 떨어지고 노쇠해져 모든 능력이 퇴화하는 것처럼 말하지만 반대로 더 높아지는 능력도 있다. 50여 년 동안 약 6천 명의 20~90대 성인을 대상으로 인지능력을 검사했다. 시애틀 종단 연구에서 연령별 인지능력 결과를 발표한 것을 보면 판단력, 요점 파악과 종합 능력, 통찰력, 어휘력 등은 20대 이후로도 꾸준히 발전해 50대에 절정에 이른다고 한다. 즉 단순한 반응, 삶을 관조하는 지혜나 인생을 관통하는 직관력은 중년 이후에 최고점에 달한다는 것이다.

시애틀 종단 연구의 책임자인 셰리 윌리스 박사는 '중년의 뇌'는 퇴화 중이 아니라 활발하게 기능하며 여전히 우리는 더 나아질 가능성이 있다고 말한다. 더욱 고무적인 연구 결과는 현재의 우리는 과거 사람들보다 뇌가 좀 더 천천히 늙어가는 경향을 보인다고 한다.

집에 모지스 할머니의 그림을 걸어둔 이유는 두 가지다. 하나는 어린 시절에 뛰놀던 시골 외갓집이 생각나면서 천진난만했던 그때 그 시절로 돌아가는 기분에 마음이 푸근해지기 때문이었다. 또 하나는 의기소침해지거나 무기력해지려고 할 때 그림을 보면 모지스 할머니가 '인생에 너무 늦은 때란 없단다.'라고 말해주는 것 같아서다. 뭐든 할 수 있을 것 같은 기분이 솟기 때문이다.

나이와는 상관없이 늦었다고 생각하는 사람에겐 늦은 것이고 아직 충분하다고 생각한다면 충분한 때이다. 어린 나이에도 불구하고 인생 다 산 듯이 사는 사람이 있고 나이가 들었어도 젊은이의 마음으로 사는 사람도 많다. 물론 가장 중요한 것이 건강임은 두말하면 잔소리다. 건강의 중요성도 나이를 떠나서 모든 연령에 해당하는 것이다. 물론 젊을수록 건강할 확률이 높겠지만 그 상관관계가 항상 성립하는 것은 아니기 때문이다. 지금부터라도 관리를 잘하면 건강을 유지할 수 있고 다음으로 중요한 것은 의지와 실천일 것이다.

앞의 사례들을 보면 오십 대를 훨씬 넘은 나이에 시작하신 분들이다. 앙리 루소의 경우는 49세라고 하지만 옛날의 49세면 지금의 오십과는 비교가 안 되는 늦은 나이다. 오십이 너무 늦었다고 생각하는 건 착각이라고 앞의 사례들이 말해준다. 오십이라는 나이는 하고 싶은 것을 찾아서 느긋한 마음으로 시작해도 절대 늦지 않았다고 말이다.

백세 시대에서 오십은 24시간 중 정오에 불과하다. 느긋하게 점심을 먹고 오후의 티타임을 여유 있게 즐길 수 있다. 하루 중 가장 쨍한 햇살 아래에서 일광욕을 할 수도 있고 강아지와 함께 오후 산책을 즐길 수도 있다. 내 몸이 가능하고 의지만 있다면 할 수 있는 일은 얼마든지 많다.

타인으로부터의
자유

사회생활을 하다 보면 특이한 성향의 사람을 가끔 만나게 된다. 그 기준선이 어디쯤인지는 불명확하지만, 사회 통념상 대부분이 인정하는 상식적인 선이 있다. 조금 특이하고 4차원이지만 이해할 수 있는 선이 있고 다수의 사람이 인정하기 힘들만큼 상식적인 범주를 크게 벗어나는 경우도 있다.

그 기준선이라는 것도 개인적이라 각자 다를 수 있다. 기준선이 낮을수록 사람들에게 관대하다는 평을 듣거나 기준선이 너무 높으면 까칠하다는 평이 따르기도 한다. 그런데 가끔은 첫인상이나 소문과는 다르게 같은 팀이 되어 함께 일을 해보면 의외로 잘 맞는 사람도 있다. 그래서 사람은 첫인상만 보고 판단할 일도 아니고 남의 말만 듣고 판단해서도 안 되며 직접 겪어봐야 알 수 있다는 것이 진리다.

'타인은 지옥이다.'라는 유명한 말이 있다. 유명 웹툰을 드라마화한 제목으로 알려졌는데 사실은 장폴 사르트르의 『닫힌 방』이라는 희곡에 나오는 대사이다. 내용은 아주 짧고 단순하다. 세 명의 영혼이 한 방에 갇힌다. 남자 한 명과 여자 두 명. 이들은 죽어서 지옥에 온 것이다.

우리가 상상하는 유황불이나 쇠꼬챙이 같은 것은 없다. 그저 단순한 방일 뿐이다. 없는 것들이 또 있다. 어둠, 거울, 창문, 출구, 책도 없다. 있는 것이라곤 긴 의자 세 개와 커터칼 그리고 대형 청동상뿐이다. 무대 위는 지옥이지만 이들은 이승의 사람들을 지켜보며 자신에 대해 하는 말을 들을 수 있다. 어찌 보면 이것 자체로 이미 지옥인지 모른다.

서로를 알아가는 과정에서 서로에게 관심과 인정을 끊임없이 요구하고 갈망한다. 서로의 욕망이 뒤엉키고 충돌한다. 그러면서 단 세 명뿐인 그 방은 한순간에 지옥이 된다. 어디 숨을 곳도 없고 불을 끌 수도 탈출할 수도 없다. 그 순간 남자가 하는 대사. "아! 정말 웃기는군. 석쇠도 필요 없어, 지옥은 바로 타인들이야."

겨우 빈방이 지옥이란 사실에 우리가 상상하던 지옥과는 너무나도 달라서 처음엔 의아했다. 하지만 결말로 치달을수록 결코 벗어날 수 없는 지옥이라는 사실을 인정하지 않을 수 없다. 그와 동시에 소름 끼치는 것은 그 방이 현실의 우리 모습이 아닐까 하는 것이었다.

타인의 관심을 끊임없이 바라거나 반대로 무관심할 때 느끼는 상실감, 상대가 나의 요구에 맞춰주기를 갈망하는 모습, 타인에 대한 욕구가 충족되지 않았을 때 느끼는 괴로움, 남들의 시선이나 평가에 얽매여 자유롭지 못한 영혼. 모두 우리의 모습이 아닌가. 타인이 바라보는 잣대로 나 자신을 바라보며 그에 따라 쉴 새 없이 감정이 동요한다. 타인의 판단과 평가에 지나치게 의존한다면 그 자체가 지옥일 수밖에 없다.

사회적 동물인 인간이 타인의 시선이나 평가에서 완전히 자유로울 수는 없다. 하지만 나에게 그것이 크게 중요하지 않다고 생각한 지는 꽤 오래됐다. 아마도 아이들을 키우기 시작할 즈음부터가 아니었나 싶다. 그 전까지는 내가 제일 중요했고 내 모습이 어떻게 보일지 신경 쓰기에 바빴다.

아이들을 키우면서는 짧은 시간에 후다닥 일을 해치우는 것이 중요했고 아이들을 챙기는 것이 우선이었다. 나는 아침 식사를 걸러도 아이들 아침은 꼭 챙겨 먹이고 애들 옷부터 챙겨 입히기 바빴다. 옷에 대해서는 전에는 남들을 의식했다면 입어서 스스로 만족하고 편하면 되는 것으로 바뀌었다. 말과 행동에서도 어릴 때는 타인을 의식하거나 눈치 보기식이 많았다. 지금은 배려와 매너를 지키는 선 안에서 하고 싶은 말이나 행동은 마음껏 한다.

사람들의 시선보다는 관계에서 자유로워지는 것이 더 어려운 일이었다. 나를 제외한 모두를 타인이라고 했을 때 배우자나 자식과의 관계도 그렇다. 가족은 가장 가깝기 때문에 아이러니하게도 상처를 가장 많이 주고받는 관계다. 가깝다고 생각하고 편하게 말하고 행동하다 보니 가장 아픈 관계가 될 수 있는 것이다.

특히 부모 자식 관계는 애증의 관계이며 성인이 될 때까지 부모와의 관계가 어떠했느냐에 따라 인생을 좌우한다고 해도 과언이 아니다. 아이로서는 부모가 처음 대면하는 타인이며 전 인생에서 가장 지배적인 타인이므로 중요한 것이다. 그래서 부모 자식 관계가 모든 인간관계에서 가장 중요한 관계이다. 어릴 때의 관계 맺기 경험이 평생의 사회적 관계의 바탕이 되기 때문이다.

배우자는 매우 특이한 관계인데 부모나 자식, 형제는 나를 중심으로 혈연으로 연결된 운명적인 관계지만 배우자는 완전한 타인이다. 결혼이라는 제도로 묶인 유일하게 내가 선택한 가족이다. 하지만 자식들이 모두 독립하고 나면 가장 가까운 가족이며 그래서 나이가 들어갈수록 더욱 소중해지는 관계이다.

제목은 기억나지 않는 어느 에세이에서 스쳐 가듯 보았는데 인상적이어서 아직도 기억하는 내용이 있다. 저자가 아는 어떤 언니는 언제 이혼

해도 혼자 살 수 있는 경제력과 마음을 항상 준비한 상태로 살아간다고 했다. 남편과의 사이가 나쁜 것도 아닌데 남편에겐 일체 그런 말은 하지 않고 혼자 마음으로만 그렇게 생각하고 산다는 것이다. 그러다 보니 스스로 독립적이며 자존감이 더 높아지더라는 것이다. 그리고 오히려 남편에 대한 집착과 기대에서 벗어날 수 있다고 했다.

남편과의 관계에서 그런 식으로 생각해 본 적이 없어서 처음엔 다소 충격적이었다. 시간이 지날수록 그럴 수 있겠다는 생각이 들며 어쩌면 멘탈 관리에 도움이 될 수 있겠다는 생각이 들기도 했다.

우리는 타인과 접촉할 때 다양한 페르소나를 갖고 살아간다. 융은 페르소나란 실제 자기 모습을 보호하기 위해 만들어낸 가면이라고 했다. 이 또한 우리가 타인을 의식하는 데서 오는 하나의 장치이자 보호막일 것이다. 직장에서의 페르소나, 친구들과 함께할 때의 페르소나, 친척들을 만날 때의 페르소나. 심지어는 가장 가깝고 스스럼없을 것 같은 가족들과 함께 할 때도 페르소나가 있다. 인기 연예인의 경우엔 페르소나를 벗어던질 시간조차 없을 정도의 빡빡한 일정으로 자아와 괴리감을 느끼는 경우가 있을 수도 있다.

모든 사람은 페르소나를 갖고 살아가기 마련이다. 그런데 너무 다양한 페르소나에 자신이 지나친 다중인격이 아닌가 하는 생각으로 자괴감에 빠지는 사람을 보기도 한다. 의상만 TPO(Time, Place, Occasion)에 맞춰 필요한 게 아니라 그에 맞춘 적절한 페르소나도 부드러운 대인관계를 위해서는 필요하다고 생각한다.

불편한 장소에서 오랜 시간 착용으로 자기 정체성을 잃을 정도라면 문제가 있을 것이다. 하지만 정신건강에 지장이 없을 정도의 페르소나는 슬기로운 사회생활을 위한 윤활유 역할을 해줄 수 있다. 개인적인 공간에서는 갑옷을 벗어 던지듯 페르소나를 잊고 온전한 나로 돌아와서 충분한 시간을 갖고 휴식을 취하면 된다. 타인의 시선이나 평가가 두려워서가 아니라 배려와 매너를 위해 필요한 페르소나 정도라면 적당하지 않을까.

나이 들어가면서 주변에 사람들이 점점 많아지기보다는 반대의 경우가 많아질 것이다. 이건 그 사람에게 특별히 어떤 문제가 있어서가 아니라 자연스러운 현상이다. 자연스럽게 사회적 관계가 정리되면서 가족의 소중함이 절실하고 강하게 다가온다. 가족 외의 사회적 관계 맺음에서 타인으로부터의 독립 내지는 자유가 더욱 중요해짐을 느낀다. 그것은 은둔이나 고립과는 다르다. 사람에 끌려다니거나 얽매여 옴짝달싹하지 못하는 관계는 지양해야 한다. 타인은 나에게 천국이 될 수도 있고 지옥이 될 수도 있다. 마찬가지로 나도 타인에게 그렇게 될 수 있다는 것을 알아야 한다.

타인으로부터 자유로워진다는 것은 내가 나를 어떻게 바라보느냐에 달려 있다. 타인의 시선이나 평가에서 벗어난다면 단단히 중심을 잡고 혼자 있을 수 있으며 불안하지 않다. 다른 사람들과의 만남도 즐기지만 혼자 있는 시간도 충분히 즐길 수 있다. 자신을 있는 그대로 바라보고 인정해준다면 타인이나 사회적 잣대에 얽매여 자신을 옥죄는 고통에서 벗어날 수 있을 것이다.

다시 한번
홀로서기

아무리 가까운 가족이라도 적당히 떨어져 있는 시간이 필요하다. 텃밭에서 농작물을 길러본 사람들은 알겠지만, 모종을 심을 때 적당한 공간을 두고서 심어야 작물이 더 잘 자란다. 바람이 잘 통하고 햇볕도 골고루 나눠 쬘 수 있기 때문이다. 그것처럼 사람의 관계도 적당한 거리가 필요하다. 언젠가 남편이 베트남 출장을 가서 석 달 정도 있었던 적이 있었다. 그때처럼 남편의 빈자리를 크게 느낀 적이 없었던 것 같다. 사람 사이의 적당한 거리나 적당한 시간이 빈자리를 만들어 그리움이 켜켜이 쌓이고 소중함을 느끼게 해준다.

나는 혼자 있는 시간이 불안하지도 외롭지도 않은 편이다. 가끔은 자발적 고립을 선택해 혼자 있는 시간을 적당히 즐긴다. 시간 가는 줄 모르는 스몰토크도 좋아하며 사람들과 함께하는 시간도 즐겁다. 나는 스스로 꽤 독립적인 사람이라고 생각하는데 요즘 들어 다시 한번 홀로서기를 해야 하는 거 아닌가 하는 생각이 든다. 바로 자녀로부터의 독립이다.

우리 집 아이들의 독립성이 유별나게 빠른지는 몰라도 부모의 영향력에서 벗어나려고 노력하는 모습이 보인다. 어쩌면 '스무 살이 되면 스스로 자립해야 한다.'라는 말을 아이들이 어릴 때부터 틈나는 대로 자주 해온 터라 자연스러운 결과가 아닌가 싶다. 상실감이 느껴지는 건 사실이지만 나도 아이들로부터 정서적 독립을 해야 할 때가 온 듯하다.

육아를 끝내고 홀가분한 마음으로 나를 위해 살 수 있는 이런 날이 오기를 얼마나 기다렸던가. 그런데 이상야릇한 이 기분은 뭔지 싶다. 아이들을 길러냈다는 뿌듯함과 동시에 허탈함이 밀려온다. 육아에 들인 나의 20여 년은 고스란히 아이들의 살과 뼈와 마음에 스며들어 있을 것이다. 누가 알아주길 바라는 마음도 보상받기를 바라는 마음도 아닌데 이 공허하고 쓸쓸한 감정은 뭘까.

자녀도 내 몸을 통해서 세상에 왔을 뿐 내 소유도 아니며 독립적인 인간으로 실존해야 한다. 경제적으로 자립할 때까지 스폰서 역할을 해주는 것이 부모의 역할이며 그 후로는 일체 자녀의 인생에 관여하지 말라는 법륜 스님의 말씀이 옳다.

독립이란 신체적, 정신적 독립뿐만 아니라 경제적인 독립까지 됐을 때 완전한 독립이라고 할 수 있다. 보통은 아무리 늦어도 결혼하면서 부모에게서 완전한 독립을 한다. 가끔은 가정을 이루고 나서도 본가에 의지하거나 정서적으로 벗어나지 못해 고민하는 경우를 본다. 부모의 그늘에서 완전히 벗어나지 못한 채 결혼했기 때문이다.

부모 역시 자녀의 독립을 인정해주고 정서적으로 기대하거나 의지하려는 마음에서 독립해야 한다. 자녀의 삶에 왈가왈부 간섭하지 않고 자녀의 홀로서기를 지지해주려면 나 또한 자녀로부터 홀로서기를 해야 함을 느낀다.

거리두기가 코로나에만 필요한 게 아니다. 코로나를 겪으면서 비대면의 편리함과 더불어 대면하지 못함에서 오는 관계적 갈증을 느끼기도 했다. 우리가 이렇게까지 대면 활동을 활발히 하고 살았는지 체감하지 못했는데 그것이 하루아침에 막혀버렸을 때 느껴지던 먹먹함과 외로움. 단절된 관계에서 느껴지는 헛헛함도 있었지만, 한편으로는 쓸쓸한 편안함 같은 양면적인 감정이 있었다는 것을 부정할 수 없다.

어느 정도의 거리감이 사회적 관계의 괴로움에서 조금은 편안하게 만들어줄 수도 있다는 것을 느껴봤다. 적당한 만남과 적당한 거리감, 적당한 관계, 앞으로의 삶에서는 그러한 조절이 필요하지 않을까 싶다. 적당한 그리움이 쌓였을 때 만나면 더욱 반갑고 대화거리도 풍부해질 수 있다.

오프라인에서의 관계는 일상을 살아가는 우리에게 당연히 중요하다. 하지만 사회적 관계에 너무 집착하지 않아도 된다. 고립을 권유하는 게 아니라 고독을 두려워하지 말라는 것이다. 주변에 사람들이 많으면 행복할 것 같지만 그중에 과연 진짜 서로의 속내를 주고받는 관계가 몇이나 될지를 생각해보자. 속마음을 터놓고 얘기할 사람이 가족 외에 평생 2~4명이 있다면 충분히 행복하게 살 수 있다고 한다.

얻으려고 할 수 있지만, 기꺼이 갖지는 않겠다는 생각. '어떤 사람, 장소, 사물이 없어져도 나는 완전한 존재라는 감각을 지키려고 노력하라'는 것이다. 옆에 누가 없어도 나는 나이고, 내가 무엇을 소유하지 않더라도 나는 나이다. 내가 존재하는 의미는 어떤 무엇 때문이 아닌 온전히 나로서 존재한다.

사르트르는 '실존은 본질에 앞선다'고 말했다. 의자의 본질은 앉기 위한 것이다. 앉을 수만 있다면 모두 의자라고 말할 수 있다. 앉을 수 없다면 그것은 의자로서의 본질을 잃은 것이므로 실존적 가치가 없다. 하지만 인간은 다르다. 본질을 떠나 실존 자체만으로 인간은 인간으로 존재하는 것이다. 태어나는 순간 이미 인간으로서 고유한 존재의 의미를 갖는다. 삶의 가치와 본질적 의미는 인생을 살며 스스로 찾아가는 것이다.

이상한 소리로 들릴지 모르겠지만 결혼과 육아는 나에게 고독을 알게 해주었다. 혼자 사는 것도 생각해 본 적이 있지만 혼자 산다면 뭔가 좀 멋지게 살아야 할 것 같은데 그렇게 살 만한 자신도 없었다. 무엇보다도 평생 혼자 사는 것은 너무 외로울 것 같았다. 그런데 결혼을 하고 가장 가까운 남편이나 아이들이 곁에 있어도 외롭기는 마찬가지라는 것을 알게 됐다. 인간 본연의 본질적인 고독을 알게 된 것이다.

사랑하는 사람들이 곁에 있어도 인간 본연의 외로움을 해결해줄 수는 없다. 사람 간의 거리의 문제가 아니다. 많은 사람에 둘러싸여 있어도 문득문득 느껴지는 뼈가 시리는 외로움이 있다. 인간의 본질적인 고독은 어떤 것으로도 극복이 안 된다. 그렇다고 외로움에 울부짖으며 그때마다 이 사람 저 사람을 찾아 고독을 메꾸려고 한다면 내면의 공허감은 점점 더 깊어질지 모른다. 누군가 옆에 없어서 느끼는 외로움이 아니다. 부재로 인한 외로움과는 다른 뼛속까지 시린 본질적인 고독이다. 사랑하는 가족, 절친, 친한 동료들이 가까이에 있어도 인간이라면 누구나 느끼는 뿌리 깊은 근원적인 외로움이다.

이제는 나 자신과 더욱 친해져야 할 때다. 혼자 있어도 외롭지 않도록 고독을 즐기는 연습이 필요하다. 요즘 혼술, 혼밥, 혼여행, 혼영(혼자 영화 보기), 혼캠(혼자 하는 캠핑) 등 혼자 하는 것들이 유행하는 것처럼 혼자 할 수 있는 것들을 찾아보면 너무나 많다. 우리 세대는 그런 문화에 익숙하지 않아서 처음엔 낯설고 청승맞은 느낌이 들 수도 있다. 갑자기 고독감이 찾아들면서 인생의 공허와 허탈함이 밀려든다고 당황하지 말고 이제야 나 자신을 위해 살 수 있는 절호의 기회가 찾아온 것으로 생각해보자.

외로움을 인정하고 고독을 친구 삼아 이제 정말 내가 하고 싶은 것을 할 수 있을 때다. 『행복한 사람, 타샤튜더』에서 타샤 할머니가 '자녀가 넓은 세상을 찾아 집을 떠나고 싶어 할 때 낙담하는 어머니들을 보면 딱하다. 상실감이 느껴지긴 하겠지만, 어떤 신나는 일들을 할 수 있는지 둘러보기를. 인생은 보람을 느낄 일을 다 할 수 없을 만큼 짧다.'라고 하신 말의 뜻을 이제야 알겠다.

책을 읽다가 오십을 일몰 때쯤이라고 비유한 글을 보고는 발끈했다. 괜히 혼자서 나이를 의식한 과장된 피해의식일지도 모른다는 생각이 들었다. 하지만 백세 시대에 오십은 하루 24시간 중의 정오에 해당하는 시간이다. 해가 머리 꼭대기에 떠 있는 한낮이다.

물론 백세까지 산다는 가정이 필요하고 남은 시간을 건강하게 살지 골골 앓으며 살지 어떨지는 모르는 일이지만 말이다. 지금 내가 24시간 중 어디쯤 있는지는 잘 모르겠지만 나이 오십을 저녁노을에 비유하는 건 좀 안 어울린다는 생각이 든다. 요즘같이 늦은 결혼과 늦은 출산도 많을 때 말이다.

나만의 착각이라고 해도 좋으니 오십은 아직 느긋하게 점심을 즐기고 오후 티타임도 가지면서 여유 있는 시간을 보내도 될 때라고 생각하려고 한다. 하루 중에서 나른한 기분이 드는 점심에서 저녁 사이, 오후의 한가

롭고 여유로운 시간이 좋다. 그 시간을 무엇으로 채우고 싶은지 생각해
보면 가슴 뛰며 설렌다.

핏줄이 질기고 끈덕지게 연결돼서 자식의 고통을 똑같이 느끼며 가슴
이 찢어지는 고통을 느끼는 것도 어쩌지 못하는 인간의 업보다. 그럼에
도 불구하고 인생은 빌런에 대항해 가며 살아야 하니 수양을 하든 신나
고 보람 있는 일을 찾든 다시 한번 홀로서기를 해야 할 때임을 느낀다.
고독을 두려워하지 말고 독립적인 시간에 즐겁게 할 수 있는 일을 찾아
볼 일이다. 일몰은 아직 멀었으니까 말이다.

돈보다 시간을
벌고 싶다

　보통 사십 대 중반을 넘어가면서 퇴직 이후에 무엇을 하고 살면 좋을까를 조금씩 생각하기 시작한다. 자산을 체크하거나 계산기를 두드려가며 노후에 필요한 한 달 생활비를 계산해보기도 한다.

　나도 그런 생각을 조금씩 하고 있을 때쯤 우연히 부동산을 공부하는 사이트를 알게 됐다. 그때가 부동산 광풍이 몰아친 시기여서 수강생들이 엄청나게 몰려들어 대기를 해야 할 정도였다. 상가, 토지, 아파트, 경매 등 다양한 분야로 세분돼 있는 꽤 전문적인 사이트였다. 경매는 다른 분야에 비해 초기 투자 비용이 적은 편이고 나이 들어서도 힘들지 않고 해볼 만할 것 같아서 경매 수강을 신청했다. 이것을 해볼 엄두를 낼 수 있었던 이유에는 나름 아픈 사연이 있다.

큰아이가 세 살일 때 놀이방을 보내면서 학교에 다닐 때였다. 그날도 퇴근하면서 아이를 놀이방에서 데려와 저녁을 준비해 식탁에 앉아 떠먹이는 중이었다. 전화벨이 울렸다. 친정엄마인가 하고 전화를 받는데 주인집 아줌마였다. 느낌이 싸했다. 전세 만기가 끝나려면 아직 한참 남았고 보통 만기 전에는 주인이 전화할 일이 없다.

아니나 다를까 집이 경매에 넘어가게 됐다면서 지나가는 사람 어깨를 툭 건드리고 미안하다고 하듯이 덤덤하게 말하는 것이었다. 뭐라고 대꾸해야 할지 어떤 말도 떠오르지 않았다. 아직도 그 순간의 풍경은 사진 보듯 또렷하게 기억난다. 그날의 공기, 기분까지도.

이 상황이 믿어지지 않았고 마치 내가 드라마 속의 인물이 된 것 같았다. 남들 얘기라고만 생각했던 '경매'라는 단어가 와닿지도 않았다. 어떻게 전화를 끊었는지 기억나지도 않는다. 세 살짜리 아이도 뭔가 이상을 감지했는지 "엄마, 왜 그래?" 하고 묻는데 너무 기가 막혀서 눈물도 나지 않았다. 남편에게 이야기하니 기막혀하기는 마찬가지였다. 계약할 때 등기부등본이 깨끗한 상태를 분명히 확인했는데 왜 이런 일이 생겼는지 혼란스러웠다. 다음 날 부동산을 찾아가 물어도 이미 벌어진 일이라서 아무 소용이 없는 것이었다.

얼마 있다 집으로 경매통지서가 날아오니 확연히 실감이 났다. '이제 우린 전세금도 못 받고 쫓겨나는구나. 말로만 듣던 거리로 나앉는다는 게 이런 거구나.' 속앓이를 끙끙하다가 답답한 마음에 하소연이라도 해보려고 학년에서 제일 큰 언니였던 부장님한테 찾아가 사정을 이야기했다. 선생님은 내 이야기를 묵묵히 듣더니 이것저것 물어보셨다.

다 듣고 나서 하시는 말씀이 "그럼 자기가 낙찰 받으면 되겠네." 하시는 거다. "네? 낙찰이요? 그걸 우리가 낙찰 받을 수가 있어요?" 경매라는 게 어떻게 돌아가는지도 모르고 그런 방법이 있으리라 생각해본 적도 없었다. 알고 보니 부장님은 학교에서는 경매에 대해 한마디도 안 하셔서 몰랐지만, 놀랍게도 경매 경험이 많은 분이었고 그분이 우리의 구세주였다. 그분의 조언이 아니었다면 생각도 못 했을 일이었으니까 말이다.

그날부터 나의 경매 공부는 시작됐다. 인터넷 자료를 이용해 경매용어, 경매 절차 등 경매의 메커니즘을 죄다 파고들어 공부했다. 그나마 우리 재산을 지키는 유일한 방법이라고 생각하니 그 복잡하고 어려운 내용이 머리에 쏙쏙 잘도 들어왔다. 몇 달을 공부하고 나니 경매 세상에 눈을 뜨게 됐다. 우리가 낙찰받으면 돈은 크게 못 벌어도 적어도 전세금 못 받고 쫓겨날 일은 없을 테니 우리 상황에서는 이 방법이 최선이었다.

경매 최저가는 시세를 파악해서 정해진다. 1회차에 낙찰받기에는 가격이 너무 높았다. 1회에서 입찰한 사람이 아무도 없어서 유찰되면 2회차에는 1회차보다 10% 낮아진 가격으로 최저가가 책정된다. 걱정은 혹시라도 1회에 낙찰받으려고 하는 사람이 있을지 모른다는 것인데 30년 다 돼가는 낡은 빌라를 그 가격에 낙찰받을 사람은 없을 것이라고 확신했다. 예상대로 1회에 입찰한 사람은 아무도 없었다.

2회차 기일이 되어 우리 부부는 법원으로 갔다. 그러잖아도 마음이 스산한데 날씨까지 매섭게 추운 겨울날이었다. 놀라웠던 건 우리같이 전세금 지키려고 온 사람들이 아니라 좋은 물건 건지려고 온 사람들이 발 디딜 틈 없이 시끌시끌 시장통이 따로 없었다. 옆에서 하는 이야기가 들렸다. "김 사장, 좋은 물건 있어?" 모피코트에 주얼리를 주렁주렁 걸친 딱 봐도 복부인으로 보이는 아줌마가 부동산 사장한테 하는 말이었다. 완전히 별세계였다.

경매가 시작되고 바들바들 떨면서 가격을 적어서 제출했다. 0 하나 실수로 더 쓰면 절대로 취소할 수 없어서 울면서 그 가격에 낙찰받은 사례를 알고 있었기 때문이다. 결과는 우리가 낙찰받아 가슴을 쓸어내렸고 큰 이득도 손해도 없이 몇 년 후에 그 집을 팔았다.

그때의 경험으로 경매라는 세계를 알게 됐고 재테크가 얼마나 중요한 것인지 몸소 체험한 계기가 됐다. '새옹지마'라는 사자성어는 시험지에서나 봤지 내 삶에 적용될 거라고는 생각해본 적이 없었는데 말 그대로였다. 나쁜 일이 일어났다고 해서 모두 다 나쁜 것만은 아니었다. 세상에 나쁜 경험은 없다는 말이 무슨 말인지도 알게 됐다. 빨리 내 집 마련을 해야겠다는 자극이 됐고 재테크 공부의 필요성을 절감했다. 당시엔 하늘이 무너질 것 같았는데 돌이켜보면 그 사건은 세상 물정 모르던 내게 큰 자극이 된 인생 공부였다.

경매는 재테크의 방법 중에서 대체로 부정적으로 취급되는 경향이 있다. 그 세계를 전혀 모를 때는 나도 당연히 그랬다. 내가 세입자로 피해를 볼 뻔한 경험이 있어서 충분히 공감한다. 그런데 알고 보면 경매는 채권자와 채무자 사이의 채무 관계를 법원이 중재 역할을 해서 해결해주는 합법적인 제도다. 경매 낙찰은 재테크의 한 가지 방법일 뿐이다. 다만 중간에 세입자가 끼어 있을 때 피해가 발생하는 안타까운 경우가 있어서 부정적이고 불법적인 제도인 것처럼 느끼는 사람들이 많다. 내 경우도 등기부등본상으로는 깨끗했기 때문에 의심하지 않았는데 주인이 내지 않은 국세, 지방세는 등본에는 안 나온다. 전세금 앞에 있던 세금 때문에 경매에 넘어간 케이스였다.

그런 경험으로 경매 제도를 이미 잘 알고 있었기 때문에 경매를 공부할 엄두를 냈던 것이었다. 호기롭게 시작해서 수강하던 어느 날 현실적인 질문이 떠올랐다. 부동산이 앞으로 어떻게 될 것인지에 대한 분석은 다음 문제였다. 10년 후, 20년 후 까지도 정말 이 일을 하고 싶은지 생각해봤다. 60대, 70대가 돼서까지 법원에 들락거리며 낙찰받아서 되팔거나 하는 돈의 노예로 살고 싶은가 자문해봤다.

재테크에 관심이 있긴 했지만, 노년이 되어서까지 그렇게 살고 싶지는 않다는 생각이 들었다. 공부하면 할수록 마음이 별로 끌리지 않았다. 내 존재가치를 그것에서 찾고 싶지는 않았다. 돈이 중요한 가치인 건 부정할 수 없는 사실이지만 남은 인생에서 가장 중요한 것은 아니라는 생각이 들었다. 그에 못지않게 중요한 어떤 것이 있으리라 생각했지만, 그것이 무엇인지는 찾기 힘들었다.

나이가 점점 들어갈수록 돈 주고도 살 수 없는 시간이, 하루하루가 점점 더 소중해진다. 인생에서 덜 중요한 것을 빼기로 했다. 삶이란 계획한다고 해서 계획대로 되지 않는다는 것을 안다. 신이 비웃는 것이 인간이 계획을 세우는 것이라고 한다. 내가 휴직한 것도 인생 계획에 없었던 갑작스러운 일이다. 하지만 지금 내 삶의 결은 쉼이 필요하다고 생각하고 결정한 것이다. 자연스러운 삶의 결에, 마음의 결에 맡기기로 했다. 그렇게 산다고 해서 큰일 날 것 같지만 전혀 아무 일도 일어나지 않는다.

할머니가 돼서도 할 수 있는 일을 찾고 싶은데 아직은 막연하다. 그래서 이것저것 해보면서 찾는 중이다. 바람이 있다면 마음이 평온하면서 남들에게도 도움이 되는 일이면 좋을 것 같다. 캘리그라피를 좀 더 배워서 작은 공방을 하는 것도 좋고 좋아하는 여행을 하면서 글을 쓰는 것도 좋겠다. 조금 욕심을 내본다면 시간을 자유롭게 활용할 수 있으면 좋겠다고 생각한다. 어떤 일이건 마음이 풍요로운 일이기를 바란다.

'시간은 삶이며, 삶은 가슴속에 깃들어 있는 것'이라고 『모모』에서 미하엘 엔데가 말했듯이, 삶은 시간으로 점철되어 있으며 그 시간 곳곳에 깃들어 있는 추억이 곧 삶이라고 믿는다. 삶은 시간의 스토리다. 내게 남은 시간을 어떻게 살고 싶은지, 어떤 캐릭터로 어떤 스토리를 만들어가고 싶은지 생각해본다. 어쩌면 중년의 마지막 열정으로 살 수 있는 오십 대라는 값지고 소중한 시간을 배우고 성장하며 마음이 풍요로운 삶을 살고 싶은 꿈을 가져 본다.

삶의 반경을
넓힌다면

　우리는 익숙한 경험에 길들여져서 항상 하던 대로 편안하고 안전한 쪽을 추구하는 경향이 있다. 같은 경험이라도 이전과는 다른 관점에서 시도해본다면 낯설고 생소한 느낌으로 다가올 수 있다. 그래서 항상 같은 경험만 고수하지 않으려고 노력한다. 나들이를 가더라도 될 수 있으면 안 가본 곳을 가보려고 하고 안 먹어본 음식을 시도해보려고 한다. 산책할 때도 항상 다니는 코스 말고 다른 코스로 가보면 새로운 발견을 할 수 있다.

　서울 가까이에 살아보니 좋은 점은 서울의 문화생활을 누리기에 편리

하다는 것이다. 애들이 어릴 때는 온갖 박물관, 미술관, 궁궐이며 여러 곳을 자주 데리고 다녔다. 그것을 모두 기억하고 있는지는 알 수 없지만 말이다. 어린 시절을 지방에서 살았던 나에게도 똑같이 서울체험학습이었다. 요즘은 아이들이 다 큰 뒤로 전에 비해 갈 기회가 많이 줄어들었다.

뭔가 색다른 경험이 없을까 찾던 차에 밤에 궁궐을 가보니 좋더라는 말을 들은 기억이 나서 창경궁 달빛 기행을 신청해서 가게 됐다. 적당한 기대감으로 입구에서 가이드를 만났다. 날이 저무니 소슬한 바람이 부는 딱 좋은 가을날이었다. 창덕궁 바로 옆에 붙어 있는 창경궁은 정조가 태어날 때부터 돌아가실 때까지 살았던 궁이다. 궁궐 중에서는 별로 인기가 없는 편인데 사람들이 예상외로 많았다. 알고 보니 정조와 관련된 드라마가 최근에 대박이 나면서 창경궁이 한창 인기 코스가 된 것이었다.

밤의 궁궐은 정말 달랐다. 낮엔 옆의 고층빌딩들이 즐비한 사이에 나지막하게 들어앉은 궁궐이 그리 색다를 게 없어 보이기도 한다. 밤이 되자 그야말로 타임머신을 타고 조선시대로 빨려들어 간 듯이 옛 궁궐 모습을 드러낸다. 항상 밝은 조명에 익숙해서 그런지 작고 희미한 조명을 켜두었는데도 발을 헛디딜까 제대로 걷지도 못했다. 그 시대엔 더욱 깜깜했을 텐데 구중궁궐에서 쥐도 새도 모르게 무슨 일이 벌어져도 몰랐겠다 싶었다.

왕이 느꼈을 독살의 공포나 왕비의 독수공방 외로움이 얼마나 컸을지 오롯이 느껴졌다. 장희빈이 사약을 마시고 죽은 장소이며, 영조가 사도세자를 뒤주에 가두는 비극적인 사건을 정조가 모두 지켜봤던 장소도, 정조가 49세를 일기로 돌아가신 곳도 바로 이곳 창경궁이었다. 궁궐 여인네들의 질투와 권력 쟁취를 향한 온갖 암투에 피비린내가 진동하는 듯해서 등골이 서늘했다.

궁에서 올려다본 달은 아파트나 빌딩 숲 사이로 보던 달과 다르게 더 쓸쓸하고 애잔해 보인 건 기분 탓이었을까. 궁궐 달빛 기행을 하고 나니 똑같은 장소라도 시간에 따라, 계절에 따라 이렇게 느낌이 다를 수가 있구나 하는 생각이 들었다.

유튜버가 추천해주기에 호기심에 읽기 시작한 룰루 밀러의 『물고기는 존재하지 않는다』라는 책이 있다. 만약에 그 유튜버가 제발 끝까지 읽어 달라는 부탁을 하지 않았다면 중간에 포기하고 말았을 것이다. 유튜버를 믿고 꾸역꾸역 읽다 보니 책의 거의 말미쯤에서 엄청난 반전이 일어난다. 소설은 아니고 자연/과학 에세이 정도로 분류되겠다. 작가가 식스 센스급 반전으로 이야기를 구성한 것이 신의 한 수다.

전반부를 완전히 180도 뒤집는 이야기다. 반전이 있다는 것을 알고 읽었는데도 예상할 수조차 없었던 반전이었다. 지금까지 내가 믿고 살아왔던 신념, 가치관들이 모두 허상일지도 모른다는 충격을 준 책이었다. 뒤

표지까지 덮고 나서도 충격이 가시지 않아 한참을 멍때리고 있었다. 책도 개인의 취향이라 사람에 따라 다르겠지만 나에겐 이 정도로 충격적인 책은 진정 오랜만이었다.

우리는 비늘이 붙어 있으면 모두 어류라는 분류체계에 넣어왔다. 하지만 사실은 그렇지 않다. 폐어는 연어보다 소에 더 가깝다. 박쥐는 낙타와 훨씬 더 가깝고 고래는 발굽이 있는 동물로 사슴이 속한 과인 유제류라는 사실이다. 버섯도 식물처럼 느껴지지만, 사실은 동물과 훨씬 더 가깝다. 마치 태양이 지구를 돌고 있다고 믿던 사람이 사실은 지구가 태양을 돌고 있다는 것을 알게 된 것만큼이나 충격이었다.

상식이라고 믿었던 것이 파괴되고 신념이나 가치관도 결국엔 나만의 틀이 아닐까 하는 생각으로 혼란스러웠다. 내가 알고 있던 것의 경계가 허물어지는 느낌이었다. 아직도 논란의 여지가 많은 신념에 대한 의견도 과연 어느 쪽이 옳다고 주장할 수 있는 문제인가 싶기도 했다. 인간이 대단한 것처럼 굴지만 사실은 그리 대단할 것도 없다는 생각이 들기도 했다.

요즘 태어나서 처음 하는 경험으로 반려견을 키우고 있다. 남편은 어려서부터 강아지를 키워본 경험이 많아서 아이들이 어느 정도 자란 다음부터 강아지를 키우고 싶다고 노래를 불러왔다. 한창 육아에 바쁘면서 직장에 다닐 때는 강아지를 키울 심적, 육체적 여력이 없었다. 그러다 막

내가 고등학교에 들어가고 내가 휴직해서 집에 있게 되면서 조건이 가능해지자 남편이 희망을 드러내기 시작했다.

강아지를 키운다는 건 그저 귀엽다는 마음만으로 키울 수 있는 일이 아니다. 죽음까지 책임질 각오가 돼 있어야 한다. 남편이 확실한 견주 노릇을 하겠다는 약속을 하고 키우기로 했다. 그래서 어떤 종을 키우고 싶냐고 물어보니 '래브라도 리트리버'라는 것이다. 아니 왜 두 마리나 키워야 하냐며 따져 물으니 우리 가족은 동시에 빵 터졌다. 나는 래브라도 한 마리, 리트리버 한 마리라고 생각할 정도로 강아지에는 무지했다. 알고 보니 맹인 안내견을 할 정도로 똑똑한 친구였다.

내 허락이 떨어지기 무섭게 2개월 된 크림색 친구를 분양받았다. 이름은 크림색에 어울리게 라떼로 정했다. 하루하루 무럭무럭 자라는 모습이 신기했다. 캘리그라피를 쓰고 있으면 발밑에 와서 잠든 녀석 모습을 보고 있자니 애들이 아기였을 때 생각이 나면서 마치 다시 아기 엄마가 된 기분이었다.

몇 달이 지나자 말썽을 부리기 시작하는 개춘기가 왔다. 벽지를 물어뜯는 거야 그러려니 하겠는데 놀아달라거나 원하는 것을 요구하면서 한두 번 짖기 시작하더니 급기야는 짖음이 심해져서 이러다가는 민원이 폭발할 것 같았다.

평생을 같이 살아야 하는데 이 버릇을 고치지 않으면 같이 살기 힘들 것 같아서 훈련소에 입소해서 훈련받기로 결정했다. 4개월 동안 짖음뿐만 아니라 기본적인 산책이나 다른 훈련까지 받는 기숙형 훈련소였다. 적응 기간인 한 달 동안은 면회도 안 된다고 했다.

그때 이 작은 생명체의 소중함을 뼈저리게 절감했다. 옆에 있을 때는 치대는 것이 귀찮을 정도였는데 아들을 군대에 보내면 이런 심정일까 싶었다. '우리를 찾지는 않을까, 밥이나 제대로 먹을까' 걱정되고 꼬물거리면서 돌아다니던 모습이 눈에 선하며 라떼의 부재로 인한 헛헛함이 너무나도 컸다.

나는 그전까지만 해도 동물과 사람의 경계는 분명히 있다고 생각했고 개는 마당에서 키워야 마땅하지 어디 집안에서 키우냐고 생각했었다. 개를 아기 키우듯 개모차에 끌고 다니거나 개한테 옷을 입혀 다니는 사람들을 보면 유난 떤다고 생각하던 사람이 바로 나다. 그런데 이젠 견주들의 심정이 이백 퍼센트 이해가 된다. 한 달이 지나고 닭고기를 삶아 특식을 싸서 면회하러 갔더니 반가워서 어쩔 줄 모르는 모습에 왈칵 눈물이 쏟아질 뻔했다. 돌아서는 발길이 무겁기만 했다. 그렇게 기다린 4개월은 마치 4년 같았다.

산책하다가 라떼가 행복한 표정으로 나를 바라보며 입이 찢어지게 웃을 때면 마음 한가득 충만해진다. 세상만사를 직접 경험해보지 않고는 결코 함부로 말할 수 없다는 것을 절감했다. 라떼로 인해 그전까지는 전혀 알지 못했던 내 삶의 반경이 훨씬 더 넓어졌다.

분류학이라는 생물학의 한 분야에서 물고기는 어류, 인간은 포유류라고 구분 짓는 인간들이다. 인간의 특징 중에는 확실하게 구분 지어야 안심하는 면이 있다고 한다. 애매모호함을 싫어한다는 것이다. 사람을 만나도 종교는 무엇인지, 보수인지 진보인지, 취향이 무엇인지 등을 종합적으로 판단한 결과 이 사람은 나랑 비슷한 부류의 인간이라거나 다른 종류의 인간이라는 결론을 내리며 구분 짓는다. 그리고 자신만의 분류체계에 넣어둔다. 어느 쪽인지 잘 모를 것 같은 정체불명의 사람을 만나면 불안하다. 하다못해 동향이라거나 MBTI 중에 뭐 하나라도 공통점을 찾아내야 나랑 비슷한 종류라고 판단하며 안심한다.

옳다고 믿는 신념 중에 잘못된 허상이 얼마나 많을까. 내 생각이 옳다는 편협한 틀에 갇혀서 제대로 보고 있지 못하는 것들이 많을 것이다. 감히 인간이 뭐라고 무엇은 사실이고 무엇이 사실이 아니라고 함부로 분류하고 규정지을 수 있을까.

라떼로 인해 내가 다른 세상을 만난 것처럼 허상에 갇히지만 않는다면 우린 얼마든지 다른 세상을 만날 수 있다. 내 생각이 곧 나 자신이라고 흔히 생각하지만, 생각도 허상이다. 생각은 파도처럼 수없이 생겼다가 사라지기를 반복한다. 파도처럼 부서져 형체도 없이 떠밀려가는 생각이 과연 진짜 나일까.

사유의 틀, 인식의 틀, 개념의 틀을 모두 아울러 내 생각만 옳다고 주장하면 그 안에서 한 발자국도 나아갈 수 없다. 하지만 틀과 경계를 허물면 삶의 반경, 사유의 반경은 지구를 넘어 우주까지 넓어질 수도 있다는 것을 느낀다.

뻔한 인생은
살고 싶지 않다

동네 어르신들이 벤치에 앉아 계신 모습을 보면 그냥 앉아 계시는 것이겠지만 왜 그리도 쓸쓸해 보이는지. 예전엔 잘 보이지도 않았고 느끼지도 못했던 것들이 와닿는 걸 보면 나도 나이를 먹는다는 것을 실감한다. 보조기구에 의지해서 겨우 걸어 다니시는 분, 전동휠체어를 타고 다니시는 분, 보호자가 밀어주는 휠체어를 타고 산책 나온 어르신들의 모습이 내 부모님께 닥칠 수도 있는 일이라고 생각하니 남 일 같지 않다. 그리도 당연한 순서로 나에게도 닥칠 일이지 않은가.

가끔 부모님을 모시고 병원에 갈 때면 내가 부모님의 보호자 노릇을 할 때의 생경한 기분이 낯설다. 자주 찾아뵙지도 못하는데 부모님이 점점 노쇠해지는 모습을 보면 마음이 착잡해진다. 언제까지나 든든한 기둥이 돼줄 것만 같았던 부모님이었는데 말이다.

부모님이나 동네 어르신들의 모습을 보며 자연스럽게 나의 노년을 상상해보게 된다. 퇴직하면 넉넉하진 않아도 연금이 나올 것이다. 지인들과의 점심 약속 모임에서 그동안 쌓였던 회포를 풀면서 수다 삼매경에 빠지기도 하겠지. 뜻이 맞으면 가끔 삼삼오오 모여 여행을 다닐 수도 있을 것이다. 특별한 약속이 있는 날을 제외한 평일엔 무엇을 하며 지낼까. 삼시세끼 밥 먹는 것이 일이다. 점심 한 끼 정도는 나가서 먹을 수도 있겠지. 저녁 찬거리를 사러 마트에 들러 장을 보고 저녁을 준비해 저녁 식사를 한다.

식물을 돌보거나 강아지 사료를 챙겨주고 강아지를 데리고 산책하러 나가는 정도가 일상이지 않을까. 이번 주말엔 애들과 손주들이 집에 들르려나 하고 궁금해지기도 하겠지. 요즘 대체로 평범한 우리 부모님들의 생활이 이런 편이다. 이런 생활패턴도 건강하다는 전제하에 가능한 이야기일 것이다.

세계적인 괴테 연구가이면서 서울대 교수로 은퇴한 일흔둘의 학자분이 사계절을 사는 모습을 담은 다큐멘터리를 본 적이 있다. 낮에는 나무와 꽃이 만발한 정원을 가꾸고 밤에는 연세에도 불구하고 번역 일을 하신다. 새벽 3시까지 작업을 하다 지치면 한쪽 귀퉁이에서 자는 공간만이 당신을 위한 공간이다. 나머지 공간들은 다른 이들과 함께하기 위한 공간이라고 말씀하신다. 매달 하루 일반인들에게 정원을 개방해서 소장하고 계신 엄청나게 많은 책을 공유해주신다.

'뭔가를 보고 마음이 벅차오르고 떨리는 떨림이 없으면 나이 불문하고 다 산 거'라고 하시며 꽃과 나무가 너무 예쁘다고 물개박수 치며 활짝 웃는 모습이 꽃보다 더 아름다운 분이다. 괴테의 숲길에 괴테가 남긴 말을 적어둔 푯말 중에 가장 좋아하는 문장이라며 소개해주신다. '올바른 목적에 이르는 길은 그 어느 구간에서든 바르다.'라는 문장을 가리키며 "살아봤더니 바르게 살아도 괜찮아요. 바르게 산다고 꼭 손해 보고 사는 거 아니에요."라며 수줍게 말씀하신다. 누구라도 꿈꿔보는 이상적이고 아름다운 노년의 모습에 울컥해지며 일흔이 넘은 나이에 나는 어떤 모습으로 살고 있을지, 어떤 모습으로 살고 싶은지 한참을 생각했다.

퇴직 이후에 내가 할 수 있는 일을 굳이 찾으려고 든다면 찾을 수는 있을 것이다. 청년 일자리도 부족한 마당에 노년에게 주어지는 일자리에 욕심을 내서는 안 된다는 것쯤은 잘 알고 있다. 노동 강도는 노인에게 맞춰 약할 것이고 그에 적정한 보수가 주어질 것이다. 사실 일자리가 있다는 것만으로도 감사한 일일 것이다.

누구는 그런다. 퇴직 후에 할 일을 교사를 하면서 지금부터 준비하다가 갈아타도 되지 않냐고. 그런데 난 그게 잘 안 된다. 두 가지 다 몰입해서 할 만큼 에너지가 충분하지 않다. 그렇다고 학교 일은 대충 하면서 다른 일을 도모하기엔 양심이 허락하지 않는다. 양쪽을 모두 다 하기엔 힘든 일이기 때문에 어느 한쪽을 선택해야만 한다. 본업을 그만둔다는 건, 그것도 정년이 보장된 직업을 박차고 나간다는 건 나이를 떠나 엄청나게 어려운 결정이다.

과거의 나의 선택들이 모여 현재의 나를 만들었으니 현재의 생각과 선택과 결정이 미래의 나를 만들 것이다. 10년 후에 나는 어떻게 살고 싶은지 생각하며 나아갈 방향을 생각해보곤 한다. 무엇을 하며 어떻게 살지는 모르겠지만 10년 후를 생각한다면 그때 가서 시작하기엔 너무 늦다. 그래서 지금부터 방향을 잡고 천천히 시작해야 하지 않을까 생각하는 것이다.

철저한 문과형 인간인 나에게 물리는 외계어나 다름없었으며 지긋지긋하게도 괴로운 과목이었다. 그런데 가끔 우리 인생도 물리의 세계와 닮은 점이 있다는 생각이 든다. 다른 건 다 까먹었어도 관성의 법칙은 기억한다. '외부에서 힘이 가해지지 않는 한 모든 물체는 자기의 상태를 그대로 유지하려고 하는 것'을 말한다. 이 법칙이 우리 삶에도 적용되는 경우가 많다. 멈춰 있는 사람은 계속 멈춰 있으려고 하고 움직이기 좋아하는 사람은 가만히 있기 힘들어하며 계속 움직이려고 한다. 대부분의 사람은 살던 대로 계속 살아가게 된다. 이미 자신이 몇십 년 동안 살아온 방식, 습관, 성향이 고착돼서 살던 대로 살아가는 게 편하고 익숙하기 때문이다. 삶의 모습에 적용되는 일종의 관성의 법칙이다. 그래서 남을 바꾸겠다는 생각은 추호도 없다.

하지만 내가 달라지려고 하니 관성의 법칙을 거스르는 데는 원래 가지고 있던 에너지보다 몇 배의 엄청난 에너지가 필요하다는 것을 느낀다. 내게 갑작스레 주어진 자유가 좋기도 하면서 20년 넘게 살아왔던 방식에서 다른 삶으로 갑자기 바꾸려고 하니 어딘가 어색하다. 진짜 나를 찾아가려면 거꾸로 강을 거슬러 오르는 힘찬 연어처럼 나를 바꿔줄 동력이 필요하다고 느꼈다. 연어는 생각하지 않는다. 본능적으로 강물을 거슬러 올라갈 뿐이다. 이럴 땐 차라리 어떤 고민도 하지 않고 목표만을 향해 돌진하는 연어가 부럽기도 하다. 단순함이 답인지도 모른다. 너무 많은 생각은 오히려 해롭다.

내가 무엇을 할 때 가장 재미를 느끼고 시간 가는 줄 모르고 하는지 생각해볼 때가 있다. 언제 한번은 의도치 않게 교사 영어연극대회에 참가한 적이 있다. 경기도 전체 도시에서 지역별로 한 팀씩 참여했던 대회였다. 처음에는 탐탁지 않은 마음으로 시작했는데 팀워크가 좋았고 한 편의 연극을 만들어가는 연습 과정이 재미와 보람을 느끼게 해준 색다른 경험이었다. 그때 느꼈던 경험을 다시 한번 느껴보고 싶었는지 학교에서 누가 시킨 일도 아니었는데 아이들을 모아 영어연극대회에 참가하기도 했다. 시나리오를 직접 쓰고 짬짬이 틈나는 시간을 이용해 연습하는 과정 자체가 가슴 뛰는 일이었다.

책을 쓴다는 것도 무에서 유를 창조해내야 한다는 점이 힘든 작업이지만, 무척 재미있고 쓰는 동안 달라지고 성장하는 나를 느낀다. 할 수만 있다면 계속 도전해보고 싶은 일이다. 나에게 맞는 일은 뭔가를 창조하는 일이란 걸 느낀다. 내 마음이 끌리는 곳은 자유, 성장, 창조라는 걸 알았다. 갈망하던 것은 자유고, 내 마음이 향하는 곳은 성장이며 나침반이 가리키는 곳은 창조적인 것이었다.

최근 가장 큰 변화라면 그토록 바라마지않던 구속받지 않는 삶이다. 시간이나 공간의 구속이 없다는 것만으로도 엄청난 자유가 주어진 것이다. 그동안 억눌러왔던 감정의 고삐를 늦춰 풀어주고 단순해지려고 한다. 급하게 서두르고 싶은 마음은 없다. 가장 먼저 나를 돌봐주고 내가 하고 싶다는 대로 해주기로 한다. 천천히 그리고 꾸준히 내가 할 수 있고 하고 싶은 것에 충실하기로 한다.

난 명품에는 거의 관심이 없다. 아주 유명한 브랜드를 제외하고는 이름도 잘 모른다. 그런 사치는 바라지도 않으며 혹시 그런 걸 갖게 되더라도 그다지 기쁘다거나 행복하지도 않다. 윤여정 배우가 언젠가 그런 말을 한 적이 있다. 자신은 생계형 배우로 살아왔는데 육십이 넘어서부터 사치를 하기로 마음먹었다고 했다. 그 사치란 사람만 보고 좋고 믿음이 가면 함께 작업을 하겠다고 마음먹었다는 것이다. 그렇게 선택한 영화들이 〈죽여주는 여자〉, 〈찬실이는 복도 많지〉, 〈미나리〉 같은 작품이었고 급기야는 그녀에게 오스카 트로피를 안겨주었다.

가장 큰 감동은 일흔다섯의 나이에 인생의 절정을 누리고 있는 노배우의 진정 아름다운 모습이었다. 내가 하고 싶은 사치도 이런 종류의 것이다. 나이가 더 들어 할머니라고 불려도 하고 싶은 일을 하며 내 삶을 주체적으로 사는 모습이다. 가끔은 논리적으로 설명하기 힘든 격렬한 마음의 끌림을 느낄 때가 있다. 가고 싶은 방향만 바라보고 가려고 한다. 내가 나를 방해하고 주저앉히고 안주하게 만드는 생각은 하지 않는다. 이기적이라든지 무책임하다는 내면의 소리에도 신경 쓰지 않기로 한다. 남들의 시선이나 평가, 사회적 잣대가 아닌 진정 내 마음이 원하는 일을 하며 살아간다면 적어도 뻔하고 지루한 인생이 되지는 않을 것이다.

나는 배우고 성장하는 과정에서 희열을 느낀다. 10년이 지나고 20년이 지나도 그렇게 살고 싶다. 대단한 성공이나 훌륭한 일이 아니더라도 하고 싶은 일, 가슴 뛰는 일을 하며 충만함을 느끼고 싶다. 할머니가 돼서도 시간 가는 줄 모르고 몰입해서 할 수 있는 일이 있다면 그것만으로도 인생은 즐거울 것이다.

4장

오십 대,

배움과 성장으로

충만해진다

재테크보다 즐거운
나테크

재테크의 길이란 오르막길이 있으면 내리막길도 있게 마련이며 그 흐름을 잘 타야 한다는 걸 뒤늦게 알았다. 인생에서 재테크는 아주 중요한 요소이며 실패의 경험을 일찍 해보는 게 오히려 낫다는 것을 쓰라린 경험으로 배웠다. 초심자의 행운이라는 말처럼 그 행운에 취해 승승장구만 하다가 끝에 가서 말아먹는 것보다는 처음에 적은 돈에서 실패의 경험을 해보는 것이 낫다. 인생도 그렇듯 재테크의 길에는 실패의 경험이 분명히 있고 성공의 경험보다 그것이 매우 큰 공부가 된다는 것을 알기 때문이다.

나 같은 재테크 무지렁이로 자라지 않게 하려고 우리 애들한테는 재테크의 세계를 일찍 알려주고 싶었다. 아들은 우연한 기회로 중학교 때부터 주식을 시작해 얼마 안 되는 돈이지만 분기별로 배당금을 받고 있고, 딸은 요즘 재테크 책을 몇 권 읽더니 돈 모으는 재미에 빠져 있다. 큰돈도 아니고 용돈이나 세뱃돈을 모아 공부삼아 하는 것이니 적극적으로 권장한다.

재테크라는 말의 어원을 찾아보니 재테크(財tech), 한자와 영어의 합성어로 '재무 테크놀로지'의 줄임말이다. 테크놀로지란 '과학 이론을 실제로 적용하여 자연의 사물을 인간 생활에 유용하도록 가공하는 수단'이다. 재테크를 풀이하자면 '재무적으로 인간 생활에 유용하도록 하는 일'이라고 할 수 있다. 처음 이 말을 만든 사람이 누군지는 몰라도 참 잘 만든 줄임말이라는 생각이 든다. 나는 요즘 재테크보다 '나테크' 재미에 빠져 있다. 나 자신을 테크놀로지하다. '나 자신을 한층 업그레이드해서 내 생활을 좀 더 유용하고 충만하게 만드는 일'이라고 할 수 있겠다.

재테크가 부동산, 주식, 코인 투자 등으로 다양하듯이 나테크의 분야도 너무나 다양해서 각자의 취향에 따라 선택하면 된다. 내가 전에 경매 공부에 빠졌던 경험처럼 재테크도 나테크의 한 분야가 될 수 있다. 조금 공부해보니 경매는 노후에도 충분히 가능하며 오랜 경매 경험으로 그 분야의 고수들이 상당히 많았다. 70대분들이 낙찰받아 리모델링해서 되팔거나 세를 놓는 경우도 많이 봤다. 그런 분들은 젊을 때부터 오랜 기간 노하우를 쌓아오신 분들로 경매계의 노익장들이다. 조금 신경이 쓰이는 일이긴 하지만 힘이 많이 드는 일이 아니라서 노년에도 하시는 분들이 많은 것으로 안다. 내가 중간에 포기한 이유는 내 성향과 맞지 않았기 때문이지만 적성에만 맞는다면 이쪽 분야도 추천한다.

사람마다 적성이나 관심 분야가 다르고 신념이나 가치관도 다르다. 자신에게 맞고 마음에 끌리는 분야를 찾아서 나테크를 하면 된다. 나테크는 꼭 이수해야 하는 필수과목도 아니며 안 해도 살아가는 데 아무 상관이 없다. 나는 새로운 분야에 호기심이 많고 새로운 것을 배우는 설렘을 즐기는 사람이다. 재미있으니까 하는 것뿐이다.

대학에 갓 입학한 새내기 시절 탈춤 동아리를 한 적이 있다. 강의가 끝나기 무섭게 곧장 동아리방으로 직행했다. 지역 대학의 연합동아리여서 동아리방이 다른 학교에 있었기 때문에 버스를 타고 다녀야 했다. 동아리 첫날이 기억난다. 약간 어색한 분위기에서 자기소개를 마치고 잔디밭에 둥그렇게 둘러서서 기본자세를 배웠다. 3월 말 초저녁의 시원한 봄바람이 땀이 흐르는 목덜미를 스치는데 가슴이 뻥 뚫리는 기분이었다. 고등학교 3년 내내 교실에서 입시 스트레스에 찌들어 살던 내게는 다른 세상처럼 느껴지던 자유로움에 그날로 홀딱 빠져들었던 것 같다.

첫 공연을 위해 정식으로 연습한 것이 대학 축제 무대에 올릴 사자 탈춤이었다. 사자 탈춤은 앞에서 한 명이 머리 역할을 하고 한 명은 뒤에서 엉덩이 역할을 한다. 나는 앞머리 역할이었는데 허리 한번 제대로 펴지 못한 채 무거운 사자탈을 쓰고 땀을 뻘뻘 흘리며 연습이 끝나면 쓰러지기 직전이다. 허기가 져서 허겁지겁 저녁 식사에 알코올까지 섭취하고는 거나한 혈중 알코올 농도로 기숙사에 아슬아슬하게 골인하기가 일쑤였다. 기숙사는 점호시간을 세 번 어기면 바로 퇴출이었기 때문에 탈춤 실력과 함께 달리기 실력도 늘었다. 다음 날이면 허리가 끊어질 듯 아픈데도 동아리방으로 향했다.

같은 방의 4학년 언니가 동아리 활동은 나처럼 해야 진정한 것이라며 인정해줄 정도였다. 당시 선배들이 해주는 조언으로는 대학 생활은 셋 중의 하나만 제대로 해도 성공이라고 했다. 그 세 가지는 공부, 연애, 동아리였다. 그중에서 나는 1년 동안 동아리에 미쳐서 살았다. 비록 학점은 바닥을 깔았지만 후회하지 않는다. 뭔가에 미쳐본 경험은 소중하기 때문이다.

그러고 나서 졸업 후에도 여기저기 관심이 많아서 이것저것 참 많이도 배웠다. 그런데 발만 담갔다 뺀 경우가 많아서 뭐 하나 제대로 배웠다고 말하기엔 애매한 것들이다. 수영, 에어로빅, 포켓볼, 유화, 수채화, 플루트, 알토 리코더, 요가, 어반스케치, 필라테스, 캘리그라피에 이르기까지. 지금은 캘리그라피를 2년째 하는 중이고 필라테스는 4년째 하는 중이다. 책을 읽는 것은 취미라고 말하기에 민망한 일상이 됐고 블로그도 2년째 하는 중이다. 지금까지 했던 것 중 가장 오래 하는 것들이다.

요즘은 뭔가를 시작할 때 신중하게 생각하는 편이다. 나이를 생각하지 않을 수 없다. 앞으로 나이가 더 들어도 할 수 있는 것인지 생각해본다. 캘리그라피의 경우는 붓으로 쓰는 것이니 밥숟가락 들 힘만 있다면 붓으로 글씨 쓰는 건 할 수 있지 않을까 하는 마음으로 시작했다. 시작하고 보니 학원의 최고령자로 서예를 배우시던 80대 할아버지가 계셨다. 그분을 보면서 노후에도 충분히 할 수 있겠다는 희망이 생겼다.

캘리그라피는 붓펜부터 시작해서 붓으로 지금까지 2년째 하는 중인데 화선지와 붓과 먹물이 만들어내는 매력에 빠져서 하는 중이다. 최근에는 배우고 싶은 글씨체를 쓰는 선생님을 찾아서 버스로 왕복 세 시간 거리를 다니면서 배웠다. 가서 쓰는 시간까지 합치면 하루 다섯 시간의 대장정이다. 하루가 꼬박 걸리지만 힘들다는 생각이 들지 않는다. 갈 때마다 설레고 올 때는 숙제를 한 아름 받아오지만, 마음은 뿌듯하고 발걸음은 가볍다.

새로운 것을 배울 때면 가물가물한 기억이지만 마치 썸타는 기분과도 비슷하다. 떨림과 설렘이 맞물려 교차하는 기분. 떨리고 망설이는 마음도 있지만, 가슴 두근거리는 설렘도 못지않게 크다. 썸타는 듯한 설렘을 즐긴다면 두려운 망설임은 이겨낼 수 있다.

"제가 할 수 있는 것엔 관심이 없습니다. 반면 제가 하지 못하는 것과 해보지 않은 것엔 늘 관심이 있습니다. 그렇기 때문에 저는 매일 새로운 제 자신을 마주할 수 있습니다. 그게 저의 희망이기도 합니다."라고 〈마지막 황제〉 OST로 유명한 피아니스트인 류이치 사카모토가 말했다. 이분이 대단한 분이라서 그런 것만은 아니다. 평범한 우리도 이미 잘 알고 있는 것에는 별로 매력을 느끼지 못한다. 처음 접하는 새로운 것, 잘 모르는 분야에 호기심을 느낀다.

호기심이 나를 이끌었고 결국은 캘리그라피와 필라테스를 만났고 책도 쓰고 있다. 전과 달라진 점이 있다면 하나를 하더라도 목표 지점을 정하고 될 수 있으면 꾸준히 해보려고 한다. 제너럴리스트이면서 스페셜리스트가 돼보려고 노력한다.

캘리그라피를 처음에 시작하면서 마음먹은 것이 있다. 다른 사람을 가르칠 수 있는 정도의 수준까지 배워보자는 것이었다. 아직은 나의 배움도 진행 중이라 어디까지 할 수 있는지는 해봐야 알겠지만 할 수 있을 때까지는 해보려고 한다. 꾸준함의 힘을 믿는다. 꾸준히만 한다면 취미 수준을 넘어서서 준전문가 수준까지도 도달할 수 있지 않을까 하는 희망을 품어보는 것이다. 자랑하려고 배우는 것은 아니지만 이것 좀 할 줄 안다고 말하려면 어느 정도 수준 이상은 돼야 그렇게 말할 수 있다는 것을 느낀다. 시작하고 조금 하다가 그만두면 안 한 것과 비슷하다.

캘리를 쓰려고 문장을 찾다가 '좋아하는 일을 오래 하려면 조금 덜 좋아하는 마음이 필요하다'라는 문장을 만났다. 처음 이 문장을 읽고는 잘 이해가 되지 않았다. 좋아하는 일이면 열정이 불타올라서 잘하고 싶어서라도 더 열심히 하고 싶지 않을까. 왜 조금 덜 좋아하는 마음이 필요하다는 것인지 의아했다. 캘리로 써보기는 했지만, 그 말의 온전한 의미는 와닿지 않은 채로 잊고 지내다 어느 책에선가 이 말의 뜻이 온전히 이해되는 글을 읽었다. 일과 삶의 균형을 맞춰야 좋아하는 일도 더 오래 더 건강하게 할 수 있다는 내용이었다. 너무 뜨거우면 금세 식는 것처럼 미지근하고 뭉근한 뚝배기 같은 마음이 필요하다는 것이다. 배움을 시작하는 것도 중요하지만 그것을 꾸준히 유지하는 것이 더욱 중요함을 새삼 느꼈다.

재테크는 벌 때도 있고 잃을 때도 있지만 나테크의 좋은 점은 하다가 그만두더라도 남는 건 있다는 것이다. 자의로 혹은 타의로 중간에 포기하기도 했지만 여러 가지를 짧게나마 배워본 경험들은 모두 도움이 되면 됐지, 손해가 됐던 건 하나도 없었다. 다른 것을 배우다 보면 전에 배웠던 것과 연결되는 지점을 발견한다.

스티브 잡스가 대학 때 우연히 배웠던 캘리그라피가 먼 훗날 매킨토시를 디자인하면서 폰트를 만들 때 도움이 됐다고 하는 것처럼 말이다. 그렇게 해서 아름다운 폰트를 가진 최초의 컴퓨터 매킨토시가 탄생할 수 있었다. 스티브 잡스의 말처럼 '우연히 찍은 인생의 점들이 나중에 어떻게 이어질지' 모를 일이다. 나 역시 잡다하게 배웠던 많은 것들이 서로 유기적으로 연결되는 것을 느낄 때가 많다.

재테크는 손해가 있을지 몰라도 나테크는 절대 손해 보지 않는 투자다. 꼭 어딘가에 써먹지 않더라도 배우고 성장한다는 점에서도 만족감을 준다. 물건이나 돈의 가치와는 비교할 수 없는 것이며 내 존재에 스며들어 고스란히 남는다. 이보다 확실한 투자가 어디 있을까. 그래서 오십 대에는 나테크에 투자하려고 한다.

또 다른
나를 찾는 여행

인류를 호모 비아토르(Homo Viator), 즉 여행하는 인간으로 정의한 철학자의 말에 동의한다. 김영하가 『여행의 이유』에서 말했듯이 나도 항상 어디론가 떠나고 싶은 욕구가 있다. 그것이 일상에서 도피하려는 것인지 새로운 모험을 찾아 떠나고 싶은 것인지는 중요하지 않다. 적어도 나는 여행이나 모험을 추구하는 인간이 맞다. 그걸 알게 된 최초의 사건은 초등학교 2학년 때 일이었다.

한 교실이 수용할 수 있는 학생 수가 넘쳐나서 오전반과 오후반으로 나눠서 수업을 했던 시기였다. 나를 포함한 같은 반 삼총사 친구들은 우리 집 다락방에 모여서 수첩에 준비물을 적어가며 꽤 진지하게 모험을 떠날 만반의 준비를 했다. 디데이는 우리가 오후반인 어느 날로 잡았다. 점심을 잘 먹고 '학교 다녀오겠습니다.' 인사를 하고 집을 나와 집결지에 모여 결의를 다졌다. 거기까지 어떻게 갔는지 기억조차 나지 않는데 어른이 되고 나서 생각하니 당시 아홉 살에겐 꽤 먼 거리를 걸어 허허벌판 공터에 도착했다.

배가 고파지자 준비해온 빵과 우유를 먹고 이제 뭘 해야 하나 생각하고 주저앉아 있는데 서쪽 하늘이 붉게 물들어 가고 있었다. 그 순간 '오늘 밤에 어디에서 자야 하나?'라는 생각이 퍼뜩 들며 아주 큰 사고를 쳤다는 현실감이 살아났다. 왠지는 모르겠는데 학교로 가야겠다는 생각이 들었다. 교문 앞에는 선생님과 우리 반 친구들이 모두 모여 있었다. 저물녘까지 우리를 찾다 지쳐 반 포기 상태로 맥이 빠진 모습을 보니 죄인이 된 것 같았다. 그들의 시야에 우리가 나타나자 놀라움과 안도감이 섞인 표정의 담임 선생님은 아무 말씀 없이 우리를 한 명씩 집까지 데려다주셨다.

엄청나게 혼날 것이라 각오하고 있었는데 저녁 밥상에서 부모님은 말씀이 없으셨고 너무 피곤해서 바로 곯아떨어졌다. 다음 날 학교에 가자마자 우리는 교무실로 불려갔고 교감 선생님께서는 알 수 없는 미소가 섞인 표정으로 "너희들이 학교를 발칵 뒤집어 놓은 그 애들이냐?" 하시며 '다시는 안 그러겠습니다.' 세 번 하면 용서해주겠다고 하셨다. 교사가 되고 나서 생각해보니 철딱서니 없는 어린 애들이 저지른 일이라서 그 정도로 마무리하신 것 같다.

아무리 생각해봐도 그때 왜 그렇게 모험인지 가출인지 모를 그런 짓을 했는지 도무지 기억나지 않지만, 우리로서는 꽤 진지했다는 기억만 있다. 그렇게 인생 최초의 하루 모험에서 얻은 것이라고는 평생 족히 백번은 넘게 들었던 그날 때문에 6년 개근상을 못 탔다는 엄마의 타박 섞인 잔소리였다. 6년 개근상이 왜 그렇게 중요한지는 아직도 이해되지 않지만 말이다. 교사가 되고 난 후에 그때의 내 행동을 생각해보니 학교 입장에서는 엄청난 대형 사고를 친 것이다. 그래서 가끔 속 썩이는 제자들을 만날 때면 '업보구나.' 한다.

그런 나였으니 40년을 뛰어넘어 휴직을 하고는 스페인으로 떠나기 위해 인천 국제공항 2터미널에 있었던 것은 어쩌면 당연한 결과였다. 딸과 함께 유럽으로 가는 첫 자유여행이라는 설렘, 처음으로 해보는 경유에 대한 부담과 긴 비행시간을 버틸 수 있을까 하는 약간의 긴장감이 뒤섞여 있었다. 비행기가 뜨고 다섯 시간 정도 지나니 기내식으로 마신 와인 때문인지 이내 땅처럼 편안해졌다.

14시간을 날아 드골 공항에서 경유를 무사히 마치고 나니 긴장이 풀리며 마드리드행 비행기를 기다리는 마음은 편안하기만 했다. 밤 11시가

다 돼서야 마드리드에 도착해 숙소까지 가는 택시에서 내다보는 마드리드 시내의 이국적인 건물은 긴장은커녕 온몸의 세포가 살아나는 기분을 느끼게 했다. 이런 풍경을 보고 싶어 하루의 반 이상을 날아온 것이 아닌가. 들뜬 마음을 가라앉히기 힘들었다.

　다음 날 옛 수도였던 톨레도를 둘러보고 해가 저물어갈 때쯤 전망대로 향했다. 하늘은 청보랏빛으로 물들어 가고 하얀 구름은 주홍과 분홍을 조금씩 섞어가며 모양을 바꿔 그리고 있었다. 전망대에 올라 보니 드넓은 평야에 봉긋 솟아 있는 톨레도는 고풍스러운 중세 풍경화로 보였다. 어둑해지면서 톨레도 성과 대성당이 제일 먼저 환한 조명을 밝히고 가로등과 집들이 하나둘 조명을 켜자 몽환적인 풍경을 만들어냈다. 어둠이 짙어질수록 더욱 선명히 드러나는 톨레도 야경에 한참 동안 넋을 놓고 빠져들던 그 순간은 영혼만이 존재하는 듯했다.

　이번 여행에서 그런 기분을 자주 느꼈는데 현대와 중세를 수시로 넘나드는 극명한 시공간의 차이가 주는 비현실적인 감각이었다. 도시 간 이동할 때 탔던 렌페도 우리나라 고속열차와 다를 바 없이 비슷했지만 가는 내내 창밖으로 보이는 풍경은 낯설고 끝없는 들판이었다. 가끔 띄엄띄엄 보이는 한두 채의 집, 지평선이 보일 정도로 끝없이 펼쳐진 올리브나무 밭. 비행기로 이동했다면 절대 볼 수 없었을 풍경이었다.

　사람들은 모녀가 여행을 한다고 하면 더 낭만적일 거라는 환상을 가진 듯하다. 모녀여행도 다른 여행과 크게 다르지 않다. 물론 가족이니까 거리낌 없이 편하다는 좋은 점도 있다. 친한 친구와 여행을 떠났다가 원수가 되어 돌아온다는 말도 있듯이 모녀여행이 마냥 좋고 편할 것 같지만 그렇지만도 않다. 게다가 연령대도 다른 이십 대와 오십 대의 여행이니 취향의 차이도 있다.

우리는 적정선에서 타협했지만 딸이 만약 친구들과 왔다면 다른 체험을 했을 것이고 나 역시 친구들과 왔다면 조금 달랐을 것이다. 가족이고 모녀라고 해도 서로에 대한 배려는 여행의 기본 덕목이다. 특히나 독립적인 성향의 우리 모녀는 각자의 취향을 존중해 바르셀로나에서 하루는 따로 다녀보기로 했다.

딸은 가고 싶다는 투어를 위해 일찍 나가고 나는 게으름을 부리며 느지막이 일어났다. 다른 숙소에는 없던 발코니에 나가 바삐 오가는 스페인 사람들을 내려다보며 여행자의 여유를 부려보기도 했다. 카페에서 카푸치노와 샌드위치를 주문하고 느긋하게 책을 읽으며 최대한 천천히 브런치 타임을 즐겼다.

지도에서 카탈루냐 광장을 목적지로 정하고 천천히 걷는데 난데없이 눈시울이 붉어졌다. 그렇게도 오고 싶었던 유럽의 거리를 나 홀로 자유롭게 활보하며 타국의 이방인으로 평화롭게 산책하는 내 모습에 잠깐 감정이 격해졌을까. 느닷없는 감정의 동요에 놀랐지만 '격렬한 운동으로 다른 어떤 것도 생각할 수 없을 때 마침내 정신에 편안함이 찾아오듯이, 잡념이 사라지는 곳, 모국어가 들리지 않는 땅에서 때로 평화를 느낀다'고 했던 김영하의 말이 와닿는 순간이었다.

바르셀로나 여행의 시작과 끝이라는 카탈루냐 광장을 가로질러 명품 샵들이 즐비한 람블라 거리를 지나면 옛 거리의 모습이 그대로 보존된 고딕 지구가 나온다. 아름다운 구름다리가 있는 비스베 거리를 지나 영화 〈향수〉의 촬영지이기도 한 산 펠립 네리 광장까지 둘러봤다. 벽의 포탄 자국은 스페인 내전의 상흔을 그대로 보여주고 있었다. 돌바닥을 걸으며 마차를 타고 달렸을 과거의 그들을 잠깐 떠올려보기도 했다. 그날 딸과 나는 둘 다 너무나 만족스러웠고 서로의 경험을 밤늦게까지 얘기하다가 잠이 들었다.

마지막 날로 미뤄두었던 가우디의 역작 사그라다 파밀리아 성당에서는 내부로 들어선 순간 웅장함과 신비로움에 압도돼 빽빽한 인파에도 불구하고 주변이 고요해지며 아무 소리도 들리지 않았다. 스테인드글라스 빛의 극적인 효과였는지 신과 나의 성스러운 합일의 순간이 느껴지며 눈을 감고 황홀경에 빠져들었다. 그 여운이 얼마나 강렬했던지 한국에 돌아와서도 쉽게 가시지 않았다.

마드리드의 프라도미술관에서 벨라스케스의 '시녀들'이란 작품을 내 눈으로 직접 볼 때의 경이감도 잊히지 않는다. 벨라스케스가 붓을 움직인 터치감이 생생히 느껴지는 현실의 진품이라니. 직접의 실체가 주는 시각적 자극의 강도와 마음을 움직이는 농밀한 만족감은 책과 영상만으로는 결코 채워질 수 없는 것이다. 그래서 여행을 떠나는 것이리라.

우리는 숙소를 중심으로 많이 걸어 다녔다. 그렇게 며칠 다녀보니 곳곳에 보이는 그래피티나 비둘기 떼, 건너편 상점 아저씨까지 마치 우리 동네처럼 편해졌다. 자주 가던 마켓은 단골집이 되기도 했다. 현지인이라도 된 듯 길거리 벤치에 앉아 슬쩍슬쩍 스페인 사람들의 일상을 구경하는 재미도 있다. 처음엔 이국적으로만 보였던 건물들도 열흘이 넘게 보니 평범해 보였다. 자극에 익숙해지는 건 그리 오래 걸리지 않는다.

이번 여행의 후유증은 시차 부적응이나 여독이 문제가 아니라 마음의 여운이 너무나 강렬하다는 것이었다. 주로 해오던 패키지 관광과는 다르게 우리 입맛대로 골라 문화, 예술에 흠뻑 빠지는 것이 목적이었다. 스페인 문화에 빠져들어 온몸을 푹 담그니 온갖 자극에 혼미해져 정신을 차리지 못할 정도였다. 오감을 활짝 열어 몰입하고 흡수는 했지만, 너무 많은 감각이 자극되다 보니 미처 소화하지 못한 것도 많았다.

한국에 돌아와서는 만찬이 끝나고 디저트를 즐기듯 여행의 나머지 여운을 충분히 즐기면서 천천히 소화했다. 스페인 여행을 떠나기 전과 다녀온 후의 나는 어느 구석이건 달라졌다. 낯선 곳에서의 내 모습이 나조차 낯설기도 했고 예상치 못한 상황에 대처하는 나를 보며 나란 사람이 어떤 사람인지 새롭게 보이기도 했다. 꼭 외국이 아니더라도 어떤 여행지에서든 발견할 수 있는 또 다른 내 모습이다.

프라도미술관에서 만난 인문학을 전공한 가이드의 물 흐르는 듯한 설명에 빠져들어 미술사를 좀 더 알아보고 싶은 마음도 생겼고 더 많은 나라를 가보고 싶은 욕심도 생겼다. 다음 여행은 도시 하나를 정해서 거기서만 열흘이던 한 달이든 살아보고 싶다는 생각도 해본다.

'세계는 한 권의 책이다. 여행하지 않는 사람은 그 책의 한 페이지만 읽는 것과 같다.'라고 성 아우구스티누스가 말했다. 일상을 벗어나 낯선 곳으로 떠난 여행에서 진짜 나를 만나기도 하고 다녀온 후에 부쩍 성장한 내 모습을 만나기도 하며 더 배우고 성장하고 싶은 욕구가 솟구치기도 한다. 그래서 굳이 외국이 아니더라도 또 다른 나를 만나기 위해 다음 여행을 계획한다.

굳이
불편한 책을 읽는다

마음이 시끄럽고 내 안에서 갈구하는 질문들이 차오를 때면 답을 줄 만한 책을 찾는다. 듣고 싶었던 말로 나를 일깨워주는 구절을 만나면 죽비로 한 대 내리쳐주는 느낌이다. 그런 팩트 폭격이라면 언제라도 환영이지만 책을 읽으며 그런 순간을 만나는 건 자주 있는 일이 아니다.

내 인생에서 첫 번째 읽기를 또렷이 기억한다. 엄마 손을 잡고 시장에 가는 길에 유치원에서 배운 한글로 상점 간판을 더듬더듬 읽었다. 엄마는 깜짝 놀라며 엄청나게 칭찬해 주셨고 시장에서 핫도그를 사주셨다.

그게 동기부여가 됐던 것인지 그 후로 글자만 보이면 읽는 걸 좋아하는 아이로 자랐다.

그렇긴 해도 내가 책 읽는 걸 특별히 좋아한다고 생각해본 적이 없다. 간간이 주기적으로 찾아오는 독서욕이 차오르면 서점이나 도서관을 찾는 정도였다. 그러던 내게 독서는 요즘 일상이면서 일종의 휴식이다. 깊은 잠재의식 어딘가에 책을 향한 갈망이 항상 있었던 것 같다. 우리 애들이 어릴 때는 사달라고 조르지도 않던 책을 전집으로 사다 안겨주며 나의 어릴 적 욕구불만을 해소한 것 같기도 하다.

어린 시절의 나를 떠올려보면 친척들 여럿이 모인 자리에서 어른들 사이에 끼여 마땅히 할 말 없고 그냥 가만히 있기도 심심해서 옆에 종이 쪼가리가 보이면 읽고는 했다. 그 모습을 본 친척 분들은 하나같이 칭찬의 말들을 쏟아내셨다. 하지만 우리 집에는 내 독서 욕구를 충족시켜줄 만한 책이 없었다.

친구 집에 놀러 가면 숨바꼭질, 소꿉놀이, 인형 놀이를 하며 놀기도 했지만, 책 읽는 것도 좋아했다. 아직도 기억나는 빳빳한 종이 질과 선명한 색감의 삽화가 예뻤던 전래동화 전집은 어떤 친구 집에서 다 읽었다. 세계동화 전집도 다른 친구 집에서 읽은 기억이 난다. 학교에 도서관은커녕 동네 가까운 곳에도 도서관이 없던 시절이었다. 중학생이 돼서야 옆동네에 도서관이 있다는 걸 알게 됐지만 그땐 이미 독서에 흥미를 잃었을 때였다.

가장 많은 책을 구경한 건 대학에 들어가서부터였다. 대학 도서관에는 어서 와서 나를 읽어달라는 책들이 즐비했다. 1학년 때 어느 교수님께서 강의 첫 시간에 당신 강의는 시험이 없다고 하셨다. 우린 기쁨의 작은 탄성을 질렀다. 그러자 교수님은 손수 뽑으신 고전 작품 제목이 빽빽이 쓰여 있는 프린트를 나눠주시며 매주 한 권씩 읽고 독후감을 제출하면 그 것만으로 학점을 주겠다는 것이었다. 친구들은 눈을 반짝이며 책을 읽겠다고 다짐하는 것 같았다.

하지만 얼마 못 가 온갖 짜깁기와 억측이 난무하는 독후감들을 만들어내느라 곤욕을 치르는 게 보였고 나 역시 다르지 않았다. 우린 놀 궁리에 바빴던 새내기 대학생이었고 입시 공부에 질려 글자라고는 쳐다보고 싶지 않을 때였다. 재미없고 고리타분하게만 느껴지는 고전을 매주 한 권씩 읽으라는 것은 고문과도 같은 과제였다. 학년이 올라가면서 지성인의 면모를 갖춰야 하지 않을까 싶은 마음에 책을 읽기는 했지만, 지적 허영심을 채우기 위한 긴급 수혈 정도였지 진심으로 책에 빠진 것은 아니었다.

그랬던 내가 요즘은 TV보다 더 자주 자연스럽게 책을 읽는다. 편안한 에세이를 읽을 땐 옆집 언니(오빠)나 동생의 수다에 물개박수 치며 공감한다. 인문학이나 영성에 관한 책을 읽을 때면 다소곳이 앉아 그분의 이야기를 경청한다. 캘리그라피를 시작하면서부터는 그전엔 잘 읽지 않았던 시를 읽게 됐다. 시는 학교 때 국어 시간에 해부하듯이 난도질하며 공부한 후로는 매력을 느끼지 못하고 살았다. 그런데 캘리그라피를 쓸 때 짧고 임팩트 있는 구절로 시만큼 좋은 게 없다. 좋은 문구를 찾으려고 시를 읽기 시작했는데 시의 참맛에 뒤늦게 빠지게 된 것이다.

짧은 문구에 응축된 인생의 진리, 단 몇 줄로 기승전결을 담아내 감동을 전달하는 시를 읽으면 전율하지 않을 수 없다. 아무나 쓸 수 있는 것이 시라고도 하지만 모든 시가 감동을 주거나 인생을 알려주지는 않는다. 한시(漢詩)도 다시 보게 됐고, 시조와 닮은 듯 다른 단 세 줄로 표현한 일본의 '하이쿠'라는 것도 캘리그라피 때문에 알게 됐다. 진정 문학의 최고봉은 시라고 생각한다.

한때는 책이라고 하면 소설을 주로 읽었는데 언젠가부터는 잘 읽지 않게 됐다. 이유를 생각해보니 소설에 등장하는 인물들이 우리 주변에서는 흔히 만나기 힘든 독특하고 극단적인 캐릭터인 경우가 많아서 와닿지 않았다. 현실과 동떨어진 캐릭터에 이질감이 들면서 공감이 잘 안 되는 경험을 몇 번 하다 보니 지극히 현실적인 에세이나 논픽션을 더 찾게 됐다. 그러다 최근 우연한 기회에 고전소설을 읽었는데 대학 때 그 교수님이 생각나며 고난의 과제를 제시하신 깊은 뜻을 알게 됐다.

무라카미 하루키가 말했던 소설의 '에둘러 가는 지점에 잠재된 진실, 진리를 찾아보는 재미'라는 것을 뒤늦게나마 다시 느끼게 됐다. 소설은 하나의 주제를 말하기 위해 굳이 힘들게 인물, 사건, 배경의 여러 가지

장치를 만들어낸다. 직접적으로 설명하는 것에는 비할 수 없는 몇 배의 큰 감동과 울림이 있다. 주제는 더욱 육중한 무게로 가슴 깊이 와 닿는다.

책 제목 앞에 붙는 '고전'이라는 명칭이 얼마나 영광된 수식어인지도 새삼 느꼈다. 그야말로 세월의 풍파에도 살아남은 클래식은 영원하다고 할 만하다. 그래서 요즘은 고전 읽는 재미에 푹 빠져 있다. 고전을 읽으면서 느끼는 것이 만약 어릴 때 읽었다면 지금 와닿는 만큼 느낄 수 있었을까 하는 것이다. 비록 심오한 의미를 모두 다 알지는 못하더라도, 고전의 주인공들이 겪는 삶의 우여곡절이 깊이 와닿는 까닭은 삶의 굽이를 지나고 나서 느끼는 공감이다.

가끔은 일부러 술술 읽히지 않는 불편한 책을 즐긴다. 아니 즐긴다기보다는 힘들어하면서 꾸역꾸역 읽어낸다. 방지턱에 턱턱 걸리거나 브레이크가 걸리는 책을 일부러 찾아 읽는다. 낯선 저자의 책이나 내 관심 분야가 아니거나 잘 모르는 분야의 책을 골라 읽는 시도를 가끔 해본다. 꼭 그래서는 아니지만, 우리 생활에 별 쓸모없어 보이는 철학, 역사, 과학, 인문학 책들이 뇌를 더 천천히 나이 들게 한다는 연구 결과도 있다. 나의 목적은 사고를 확장하고 사유의 힘을 기르며 편견이나 고정관념에 빠지지 않으려는 것이다.

그렇다고 어렵고 불편한 책만 골라 읽는 건 쉽지 않다. 술술 읽히는 책

사이사이에 불편한 책을 끼어 읽는다. 한때는 책에 걸신들린 사람처럼 폭식하듯 책을 읽어댄 적이 있었는데 이제는 독서의 양이 중요하지 않다는 것을 안다. 불편한 책 한 권이 만만한 책 백 권의 효과보다 크다고 생각한다. 한 권을 읽더라도 얼마나 깊이 생각하느냐가 중요하다. 많은 생각을 하게 만드는 책 한 권이 여러 권 읽는 것보다 낫다.

한번은 아들이 재미있다며 읽는 우주 분야 책이 있기에 몰래 읽어봤다가 도저히 이해가 안 돼서 덮어버린 적이 있다. 우주나 물리 쪽에 관심은 있는데 도통 이과 쪽 머리가 아닌지 한계에 부딪힐 때면 돌머리가 아닌가 싶을 때도 있다. 불편한 책의 기준은 각자의 독서 취향이나 독서력에 따라 다를 것이다. 아들은 문학류가 불편하고, 나에게는 과학 분야가 불편한 것처럼 말이다.

나이 들어갈수록 진심 어린 쓴소리를 해주는 사람을 만나기가 어렵다. 마음에 울림을 주는 좋은 강연들이 많지만, 매번 찾아다니기에는 어려운 일이다. 가끔 영상을 찾기도 하지만 영상으로 전달되는 느낌과 책의 행간에서 스스로 찾아내는 진리의 맛은 깊이가 다르다.

'책은 우리 내면에 얼어 있는 바다를 내려치는 도끼 같은 것이어야만 한다.'라고 카프카가 말했지만 그런 책을 만나기가 쉽지만은 않다. 나이가 있고 웬만한 경험을 해봐서 그런지 인생의 터닝 포인트가 되거나 깊은 깨달음을 주는 책을 만나기가 점점 더 어려운지도 모르겠다. 이런저런 삶의 경험으로 마음이 무뎌져서 그런지 웬만큼 강한 충격이 아니면 크게 와닿지 않는다. 그래서 영원한 클래식, 고전에 자꾸 손이 간다.

　책을 읽다 보면 가끔 그런 기분이 든다. 현자와 마주 앉아 그분의 이야기를 듣는 기분. 나와 결이 잘 맞는 저자를 만나면 그 흡입력에 주위가 고요해지면서 둘만 있는 느낌이 들곤 한다. 그럴 때면 온 마음을 다해 촉수를 곤두세우고 스펀지로 빨아들이듯 흡수한다. 내게 딱 필요한 말을 해줄 때가 있다. 또는 내 마음을 읽은 것처럼 하고 싶었던 말을 적확한 표현으로 깔끔하게 정리해서 말해줄 때가 있다. 그럴 때면 얼마나 반가운지 저자와 하이 파이브를 하는 심정이다.

　어느 정도 인생의 굴곡을 겪은 오십 대라면 어릴 때는 불편했던 책이 이제는 크게 불편하지 않을 수 있다. 그동안의 인생 경험으로 불편함을 받아들일 수 있는 사유의 깊이와 삶의 내공이 쌓였기 때문이다. 나이가 든다고 해서 삶의 윤곽이 확고하고 단단해지는 것은 아니다. 그래서 진실의 쓴소리를 해주지 않을까 하는 기대와 강한 울림을 고대하며 불편한 책을 가끔이라도 일부러 찾아 읽는 것이다.

기적을 만드는
글쓰기

글쓰기라고 하면 덜컥 겁부터 나는 사람이 많겠지만 생각해보면 다들 글을 써본 경험은 누구나 있다. 아주 어릴 때 숙제로 썼던 일기부터 수업 시간에 친구들과 몰래 주고받던 쪽지, 컴퓨터가 보급되기 전에 친구들과 또는 연애하면서 주고받던 편지까지. 그런데 요즘 손 편지는 박물관 물건으로 취급받고 업무상으로 주고받는 메일이나 메시지 정도가 그나마 문자화된 글인 듯싶다.

글쓰기 하면 떠오르는 제자가 있다. 6학년 담임을 할 때였는데 일기를 너무 잘 썼던 여학생이 있었다. 지금은 일기가 학생 인권 침해라고 해서 검사하면 안 되지만 그 당시엔 일기가 숙제였던 시절이었다. 많은 일기를 봐왔지만 6학년 수준이라고 믿어지지 않을 만큼 탁월한 문장력이었고 특히나 그 아이에겐 흥미진진한 일들이 많이 일어났다. 일기장을 검사할 때면 '또 무슨 재미있는 일이 있었을까?' 궁금해졌다.

그러던 어느 날부터 그 아이가 크고 작은 거짓말을 하는 것을 알게 됐다. 하얀 거짓말이라면 용서가 되겠지만 다른 친구를 궁지에 몰아넣거나 자기 잘못은 쏙 빼고 다른 친구에게 덮어씌우는 악의적인 거짓말인 경우가 많았다. 지켜보다가 더는 안 되겠다 싶어서 어머님께 상담 요청을 하고 혹시라도 오해하실까 걱정되는 마음으로 아주 조심스럽게 말씀드렸다.

조용히 들으시던 어머님은 눈물을 흘리며 죄송하다고 하시면서 사실은 아이가 쓰는 일기도 모두 거짓말이라는 것이었다. 저학년 때 우연히 일기를 거짓으로 쓰고 있다는 사실을 알게 됐으며 지금까지도 그렇게 쓰고 있지만 어떻게 지도해야 할지 방법을 몰라 고민만 하고 있다고 했다. 생각지도 못했던 충격적인 이야기였고 솔직하게 말해준 어머님께 감사해서라도 도움을 주고는 싶은데 해결 방법을 찾기 힘들었다.

생각해보면 나도 어릴 때 개학을 앞두고 밀린 일기를 한꺼번에 쓰면서 이렇게 저렇게 지어서 썼던 기억이 있다. 그리고 고학년 아이들 중에는 제출용과 진짜 일기장을 따로 쓰는 아이들도 있다. 그런데 이 아이의 경우는 다른 사례였다. 가장 큰 문제는 거짓이 진짜라고 믿는 리플리 증후군이 의심될 정도로 거짓말이 일상에 완전히 고착된 것이었다.

재능을 십분 발휘해 뛰어난 필력으로 작가가 된다고 하더라도 거짓말을 일삼는 작가의 글이 과연 독자들 마음에 가닿을 수 있을까. 어떤 분야든 그렇겠지만 특히나 글쓰기는 기교보다는 진솔함이 우선이라고 생각한다. 능력이 아무리 출중하더라도 인정받기 어려운 글일 것이다. 너무나 안타까운 경우였다.

내 노트북에는 '판도라의 상자'가 있다. 어느 날 너무 속상한 일이 있었는데 누굴 붙잡고 얘기하기도 마땅치 않아서 답답한 마음에 노트북을 열어 내 속에서 울렁거리는 감정들을 토해내듯이 쏟아냈다. 소화되지 않은 멀미 나는 감정을 한참 실컷 쓰고 나니 속이 후련해지는 것을 느꼈다. 마음이 뻥 뚫리면서 살 것 같았다. 그 후로 종종 비슷한 일이 있을 때면 그렇게 글을 썼고 나는 그 파일을 '판도라의 상자'라고 부른다. 당연히 이 상자는 나만 열어볼 수 있게 비밀번호로 단단히 잠금장치가 돼 있다.

그렇게 쓴 지 10년이 됐다. 파일명은 'diary 2023' 이런 식으로 해마다 하나씩의 파일이 10개 있다. 이것을 쓰기 시작한 것은 내 마음을 쏟아낼 데가 없어서 우연히 시작한 것이었다. 누가 볼 것도 아니라고 생각하니 형식도 없다. 날짜만 쓰고 바로 내용이다. 내 안의 스트레스, 짜증, 분노, 우울, 연민, 자기애, 고민…. 모든 것을 쏟아낸다. 그야말로 감정의 쓰레기통이다. 코가 막혀 답답하면 시원하게 코를 풀듯이, 속에서 멀미가 날 지경일 때 시원하게 토해내듯이 그렇게 쓴다. 당사자 앞에서는 대놓고 못 하는 말도 속 시원히 하고 욕도 한다. 정신없이 쓰다 보면 두세 쪽이 넘어갈 때도 많다.

나도 친구나 지인들에게 내 처지를 하소연하기도 하고 고민 상담을 하기도 한다. 그런데 들어주는 사람 입장에서 좋은 말도 한두 번이고 내 마음과 똑같다는 보장도 없다. 어떤 일은 차마 말하기 창피해서 혼자서 속으로만 꿍꿍 앓을 때도 있다. '임금님 귀는 당나귀 귀' 이야기가 괜히 나온 게 아니다. 얼마나 답답했으면 대나무 숲에다 대고 그렇게 소리를 쳤겠나. 내가 바로 그런 심정이었다.

큰아이 사춘기로 서로가 힘들 때 이 상자가 많은 도움이 됐다. 아이도 사춘기가 처음이지만 나도 내 아이의 사춘기가 처음이라 내가 사춘기를 겪는 것과는 다른 색깔로 힘들었다. 지켜봐 줘야 한다는 것을 알면서도 속은 썩어 문드러지는데 그게 말이 쉽지, 어디 쉬운 일인가. 그럴 때마다 상자를 열어 하소연했다. 가끔 남편에게 속상한 일이 있을 때도 많은 위안이 됐고 남편을 객관적으로 바라보게 해줬다.

신기한 것은 의도하지 않았던 심리 치유의 효과였다. 부정적인 감정이 올라오는 것은 인간이라면 너무나 자연스럽고 당연한 현상이다. 문제는 어떻게 해소하느냐다. 가까운 사람을 괴롭히면서 푸는 것은 최악의 방법이다. 가장 만만한 사람을 골라 그 사람에게 퍼부어대면서 푸는 경우가 그런 것이다. 당하는 사람은 감정 쓰레기통이 되는 꼴이다.

친구에게 전화를 걸어 한참 수다를 떨면 당장은 풀리는 것 같지만 그렇게 억지로 덮어둔 감정은 언젠가는 터지게 돼 있다. 또는 '부정적인 감정이 올라오다니…. 안 돼 이건 나쁜 생각이야.' 하면서 꽁꽁 싸매서 마음속으로 다시 집어넣어 버리는 것도 안 좋은 방법이다.

감정일기는 아무에게도 피해가 가지 않으면서 내 감정을 모조리 풀어낼 수 있어서 좋다. 이것을 쓸 때는 자의식조차 발동시키면 안 된다. '내가 이렇게까지 나쁜 말을 해도 될까?'라는 생각은 조금도 하지 말아야 한다. 남김없이 감정을 다 쏟아내고 나면 천천히 이성이 돌아오면서 남에게 향했던 화살이 나 자신으로 향하며 내가 보이기 시작한다. '아! 이건 내가 잘못한 점도 있네. 상대방도 그럴만한 이유가 있을 수 있겠구나.' 하는 생각이 드는 것이다. 인간은 감정의 동물이라 화가 나면 널뛰는 감정을 주체하기 힘들다. 글로 풀어내기 시작하면서는 이전에 비해 합리적 대처가 조금 더 작동하는 걸 느꼈다.

부정적인 감정이 일어날 때는 그 원인이 분명히 있다. 거침없이 감정을 쓰다 보면 겉으로 보이는 감정에서 더 깊이 들어가 나의 본질을 만나게 된다. 내 마음 깊은 곳의 어떤 상처가 건드려져서 분노나 짜증, 질투, 화가 올라온다는 것이 느껴졌다. 내가 어떤 사람인지 알게 됐다. 나의 내면 아이를 만나게 됐고 상처와 애정결핍을 발견했다. 부정적인 감정의 원인이 그것들이라는 것을 알게 됐다. 타인이 나를 화나게 했다고 생각하지만, 더 깊이 들어가 보면 내 안의 상처가 자극된 것이다.

다음에 비슷한 상황이 닥쳤을 때 이전에 학습된 경험으로 감정 추스르기가 조금 더 잘되는 자기성찰의 효과가 있었다. 가끔은 지치고 힘들고 자신감이 떨어졌을 때 나 자신을 격려해주고 용기를 북돋워 주기도 한다. 감정의 해우소이면서 비밀정원의 친구 같기도 하다.

심각한 표정으로 키보드를 두드리고 있으면 가족들은 내가 무슨 중요한 일을 하는 줄 알지만, 사실은 감정의 토악질을 하는 중인 것이다. 유난히 파일 용량이 큰 해가 있다. 힘든 일이 많았나 보다 하며 웃는다. 요즘도 가끔 상자를 열 때가 있지만 해가 갈수록 빈도가 줄어든다.

이 상자는 나를 성장시켜준 밑거름이었고 자양분이 되었다. 어쩌다 우연히 시작한 것이지만 정신과 의사들이 부정적인 감정을 해소하는 좋은 방법으로 추천한다는 것은 나중에야 알게 됐다. 내면의 성장은 아직도 갈 길이 멀지만 '판도라의 상자'는 그 무엇보다도 나를 성장시켜 준 글쓰기였다.

또 하나 추천하고 싶은 것은 블로그 글쓰기다. 블로그는 다른 SNS에 비해 글이 메인이 되는 경우가 많다. 설정하기 나름이지만 불특정 다수에게 공개하는 글이니 다이어리와는 다르게 아무래도 타인들을 의식하지 않을 수 없다. 그래도 블로그는 그나마 가벼운 글쓰기에 속한다. 언제든 수정 가능하며 마음 내키지 않으면 비공개로 설정을 돌려도 된다. 블로그에 글을 쓰기 시작하면서 공개적인 글쓰기에 대한 부담감을 조금은 내려놓을 수 있었다.

그리고 전혀 예상하지도 못했던 것은 이 책을 쓰면서 블로그 덕을 아주 톡톡히 봤다. 블로그에 남겨놓지 않았으면 지금은 기억조차 나지 않았을 그날의 기분, 생각, 감동, 과거에 읽었던 책과 그 후기. 그때의 감정들이 되살아나 책을 쓰는데 정말 많은 영감을 줬기 때문이다.

정말 인생이란 모르는 일이다. 삶의 순간이 당시엔 점같이 느껴져도 그것이 연결되어 선이 되고 그 선들이 모여 한 사람의 인생을 입체적으로 만든다. 내 마음을 풀어내고 싶어서 시작했던 감정 쓰레기통 같은 글쓰기가 나를 성장시켰고 블로그에 올린 포스팅은 책을 써볼 용기를 북돋워 주었다. 그 소소한 글쓰기들이 모여 지금 책을 쓰고 있다는 기적과 같은 결과를 만들어냈다.

『뼛속까지 내려가서 써라』의 저자이면서 세계적인 명성의 글쓰기 강사인 나탈리 골드버그는 '스스로에게 방황할 수 있는 큰 공간을 허용하라. 아무 이름도 없는 곳에서 철저하게 길을 헤맨 다음에라야 당신은 자기만의 방식을 찾아낼 수 있다.'라고 했다. 글로 옮겨 적지만 않았을 뿐이지 누구나 매일 에세이 한 꼭지씩 쓰면서 살아간다. 방황하고 길을 헤매도

괜찮으니 자기감정을 진실하게 글로 옮겨 적기만 하면 된다. 단 한 줄부
터 시작해본다면 생각지도 못했던 놀라운 경험을 할 것이다.

몸과 마음의
맥시멀리즘

몸과 마음은 하나로 연결돼 있다고 믿는다. 몸이 아프면 마음이 다운되고 마음이 아프면 몸으로 신호를 보내주듯이 말이다. 운동을 하면 마음의 건강도 함께 상승하는 느낌이다. 볕 좋은 날 산책을 하면 우울감이 줄어드는 것도 같은 원리일 것이다.

필라테스를 처음 시작했을 때는 피부와 하나가 된 듯 몸의 굴곡을 그대로 드러내는 복장이 적응이 안 돼서 거울에 비친 내 모습을 내가 보기에도 민망했다. 그런 옷을 입어야 하는 이유는 몸매 자랑을 하려는 것이 아니라 동작을 정확하게 하고 있는지 알기 위해서라는 것은 하면서 알게 됐다. 바늘 하나 들어갈 틈 없이 운동으로만 꽉 채운 한 시간이 끝나고 돌아오는 길이면 근육들은 너덜너덜해지면서 주저앉고 싶어지지만 내 몸에 보약을 준 것 같아서 마음은 뿌듯함으로 차오른다. 다음 시간에 가서 운동할 때 달라진 근육을 내가 느낀다. 사정이 있어서 항상 하던 운동 주기를 거르기라도 하면 근육들이 근질거리며 운동하고 싶다고 아우성을 친다.

지인 중에는 허리디스크 진단을 받았는데 의사가 수술보다 필라테스를 권유해서 배운 사람이 있는데 호전을 보였다고 하며 오십견을 필라테스로 고친 사람도 봤다. 그럴 만도 한 것이 필라테스라는 운동은 1차 대전 당시 '요제프 필라테스'란 사람이 다친 군인들의 재활이나 물리치료를 목적으로 만든 운동이기 때문이다.

시작해서 4년째 되고 보니 나랑 잘 맞는 운동을 찾은 것 같아서 할 수 있을 때까지는 최대한 해야겠다고 마음먹고 있다. 내가 필라테스를 하는 목적은 나이가 들수록 중요하다는 코어 근육을 위한 것이다. 코어 근육이란 척추, 골반, 복부를 지탱하는 근육으로 쉽게 말해 코르셋을 입은 듯이 복부를 중심으로 감싸고 있는 근육을 말한다. 코어 근육이 짱짱하면 나이가 들어도 곧은 자세를 가질 수 있다. 그리고 하고 싶은 일을 오래 하려면 체력은 첫 번째 요소라는 것을 잘 알기 때문이다. 회원 중에는 아가씨도 많지만 내 또래도 많고 3년째 하는 중인 60대분도 계신다.

그리고 몸을 위해 좋은 음식들을 공급해주려고 노력한다. 아이들 키울 때 허기를 채우기에 급급해서 아이를 업은 채 밥을 먹은 적도 많았고 출근 준비로 바쁜 아침에는 애들부터 먹이고 나면 밥 먹을 시간이 없어서 거르기가 일쑤였다. 휴직하고 좋은 점은 아침을 천천히 즐길 수 있다는 점이다. 계란프라이나 토마토 달걀 볶음과 냉장고에 그때그때 있는 채소, 과일에 올리브유와 발사믹 식초를 살짝 둘러서 드립 커피와 함께 느긋하게 먹는다. 가끔은 토스트나 요거트 등을 먹기도 하고 될 수 있으면 제철 음식들을 먹어주려고 노력한다.

나는 의식주 중에서 '식'이 가장 중요하다고 생각하는 사람이다. 양보다는 질이 중요하다고 생각해서 몸에 좋은 먹거리들을 공급해주려고 노력한다. 자동차에 좋은 연료를 넣어주듯이 내 몸을 평생 함께할 유기체로 생각하고 질 좋은 먹거리를 공급해주려는 것이다. 다른 것은 미니멀리즘을 하더라도 몸에 대해서만큼은 철저히 이기적이어도 된다고, 아니 이기적이어야 한다고 생각한다.

몸에는 좋은 먹거리를 공급해준다면 마음의 자양분은 뭘까. 내 마음에 안정을 주는 것은 라떼와의 산책이나 가벼운 에세이, 힐링 예능 같은 것들이다. 가끔 미술관이나 뮤지컬 관람은 이벤트 같은 활력소가 될 수도 있다. 국도를 타고 가까운 근교로 나들이를 가서 주꾸미볶음이나 생태탕을 먹고 싱그러운 초록 들판과 숲을 둘러보며 눈을 정화하거나 파란 하늘을 바라보며 드라이브하는 것도 좋다. 그런데 마음 건강을 위해 가장 효과적이었던 것은 두 가지가 있다.

휴직하고 처음 맞는 가을의 어느 날이었다. 아침에 가족들이 모두 가야 할 곳으로 가고 나면 비로소 나만의 시간이 시작된다. 그날은 조금 다르게 아침을 시작해볼까 하는 마음이 들었다. 며칠 전부터 알 수 없는 알고리즘이 명상 영상을 자꾸 띄워대고 있었다. 여름 즈음부터 불교 철학에 관심이 생겨서 관련된 영상을 자주 보곤 했었는데 그래서 명상과 연결해줬던 것 같다. 예전에 요가를 배울 때 하던 명상과 비슷한 것이었다. 일단 영상에서 시키는 대로 따라 해봤다.

가부좌를 틀고 앉아 손은 손바닥이 천장을 향하게 무릎 위에 살포시 올려놓거나 엄지와 검지를 동그랗게 말아 얀무드라를 만든다. 가이드 음성이 시키는 대로 목도 좌우로 스트레칭해주고 어깨도 앞뒤로 크게 돌려준다. 몸통을 좌우로 비틀어서 몸을 풀어주고 눈을 감는다. 영상에서 나오는 차분한 음성이 마음을 편안하게 해준다.

첫날은 별다른 느낌도 없었고 이러고 있는 내가 이상하게 느껴졌다. 일단은 한 달은 해보자 마음먹고 시작해봤다. 따라만 해보자 생각했는데 한 달이 채 되지 않아 달라지는 점이 확연히 느껴졌다. 그렇게 하루를 시작하니 온종일 마음이 평화롭고 편안했다. 명상을 계속하다 보니 하루가 아니라 일상이 잔잔하고 평온한 느낌이 든다.

명상의 효과를 느끼기 시작하면서 새롭게 시작한 것이 긍정 확언이다. 명상을 하다 보니 바로 옆에 긍정 확언 영상을 발견했다. 방법은 아주 간단하다. 거의 20여 개의 문장을 따라서 말하는 거다. 한 문장씩 가이드가 말하면 반복해서 똑같이 말한다. 처음 며칠은 따라 하면서도 낯간지럽고 손발이 오그라드는 것 같았다. 그런데 가장 중요한 것은 말하는 그 문장을 온전히 나의 것으로 생각하고 진심으로 수용하고 받아들이는 마음이다. 행복한 마음으로 진짜 그렇게 될 거라는 믿음을 가지고 따라 해야 한다.

긍정 확언의 효과는 명상보다 훨씬 빨리 느껴졌다. 소리를 내서 따라 하면 내 목소리가 제일 먼저 내 귀에 들리며 마음에 울린다. 문장을 그대로 믿고 진심으로 말하려고 노력했다. 일주일이 지나자 마음이 달라지는 게 느껴졌다. 말로는 설명하기 힘든 긍정의 에너지가 마음에 차올랐다. 이렇게 말하는 내가 마치 사이비종교를 말하듯이 이상하게 보일 수도 있다. 나도 내가 직접 느껴보지 않았다면 다른 사람들이 이런 말을 할 때 그렇게 느꼈을 것이다.

명상과 긍정 확언은 직접 경험해보지 않으면 이 느낌을 말로 전달하기는 정말 힘들다. 하루 이틀로는 안 되고 적어도 일주일만 진심으로 해봐도 달라지는 것을 느낄 수 있다. 내가 지금 책을 쓰겠다는 용기를 낼 수 있었던 것도 어쩌면 긍정 확언의 힘이 크지 않을까 싶다. 그리고 앞으로 여러 가지 계획이 많은데 그것들을 하나하나 실행하는 데에도 긍정 확언이 큰 힘이 될 거라는 확실한 믿음이 있다.

약 일 년 정도 매일 아침 하고 있다. 여행을 가서도 빠트리지 않았다. 하기 전과 달라진 점은 마음이 온전히 평온해지며 안정감이 든다. 아침에 잠깐만 그런 것이 아니라 그 파장은 종일 간다. 매일 하다 보니 생활이 전반적으로 마음의 평정심을 유지하고 평온해지며 평화로워졌다. 그런 마음으로 세상을 바라보면 전과는 다르게 보이고 일상이 여유롭게 느껴진다. 어쩌면 휴직 상태라 특별히 스트레스 받을 일이 없었기 때문일 수 있다. 하지만 휴직하고 나서도 공중을 부유하던 이유 모를 불안이나 두려움이 차분히 가라앉으며 제자리를 찾은 듯 평온해진 건 확실하다.

마음을 그릇이라고 한다면 깊으면 깊을수록 넓으면 넓을수록 좋겠지만 그렇게 큰 그릇을 가지기가 어디 쉬운가. 어떤 때는 내 마음이 간장 종지만도 못 한 것 같다가 아주 가끔은 태평양 같을 때도 있다. 마음 그릇이 커졌다 작아졌다 하면서 나조차 나를 종잡을 수가 없다. 그래서 매일 수양하는 마음으로 산다. 수없이 떠오르는 스쳐 가는 생각들을 흘러가게 내버려 두려고 한다. 마음이 어수선하고 근원을 알 수 없는 불안, 분노, 후회, 절망으로 힘들다면 명상과 긍정 확언을 적극적으로 추천한다.

몸을 챙기는 사람은 많지만, 마음의 건강을 돌보는 사람은 많지 않은 것 같다. 내 마음을 들여다 봐주고 돌봐주고 챙겨주는 것도 몸을 챙겨주는 것만큼이나 중요하다. 몸의 건강과 더불어 마음의 건강도 챙겨야 한다. 2년마다 하는 건강검진에 심리 검진도 필요하다는 생각이 든다. 몸과 마음은 하나로 연결돼 있으며 상관관계가 매우 밀접하다는 생각이 점점 더 강하게 들기 때문이다. 불감증에 걸린 듯 욕구를 억제하며 살아왔다면 이제부터라도 몸과 마음에 대해서만큼은 최대한 이기적인 맥시멀리즘으로 살아야 할 때다. 몸과 마음은 서로 보완해주는 조화로운 관계이기 때문이다.

관계의 온도를 높이는
소통과 공유

소통과 공유가 중요하지 않았던 때가 있었을까. 가족 간에도 기본이지만 사회적으로도 그렇다. 수렵, 채집활동을 기반으로 살았던 원시시대에도 마찬가지였을 것이다. 다 함께 먹거리를 사냥하거나 채집하려면 그것의 위치와 채취 방법을 어떻게든 소통해서 함께 협심했을 것이다. 어렵게 수집한 것을 함께 공유하며 살아가는 집단생활은 현대에 견주어 뒤지지 않을 정도로 소통과 공유가 중요하지 않았을까.

언어 없이 어떻게 소통했을까 싶지만, 소통이란 공통 경험의 영역이 많아서 서로가 서로를 잘 알 때 소통이 잘된다. 언어도 발달하지 않았던 그때가 어쩌면 현대보다 더욱 *끈끈한* 소통과 공유로 맺어진 집단이었을지 모른다.

네트워크가 발달하기 전까지만 해도 사회적 관계에서 소통과 공유는 극히 제한적이었다. 먼 옛날에는 마을의 빨래터가 정보의 원천이었고 가깝게는 동네 미용실이 그런 역할을 했으며 저녁 술자리에서 주고받는 입소문으로 정보를 소통하고 공유해왔다. 그러니 양적으로나 질적으로 정보의 수준은 떨어질 수밖에 없었다. 그러다 인터넷이 발달하면서 이전에 비해 정보의 소통과 공유는 폭발적으로 증가했다.

소화할 능력이 가능하고 원하기만 한다면 하버드 대학 강의 영상을 시청할 수도 있는 세상이다. 텔레비전은 이제 어르신들의 전유물이 되는 중이다. 나도 TV보다는 대부분 OTT 서비스나 짧은 영상을 시청하는 편이다. 그리고 종이책도 보지만 전자책도 많이 본다. 한 달에 책 한 권 값도 안 되는 가격으로 많은 책을 이용할 수 있다는 것이 매우 큰 장점이다. 처음에는 전자책에 대한 편견으로 이용하지 않다가 한번 이용해보니 그 편리함에 가벼운 내용의 책들은 전자책으로 읽는다. 전자책이 편리해서 이용하기는 하지만 종이책의 아날로그적 물성이나 책에 밑줄을 긋고 끄적거리는 감성은 전자책에 비할 바가 아니므로 종이책이 없어질 거라는 생각은 들지 않는다.

이렇게 달라진 세상에서는 콘텐츠 생산자와 소비자로 나뉜다. 콘텐츠 생산자들이 특별한 사람들인 것 같지만 꼭 그렇지도 않다. 별거 아닌 글이지만 포스팅해서 올리면 나름 콘텐츠 생산자가 된 것이다. 블로그를 본격적으로 시작하고 깜짝 놀란 것이 오십 대, 육십 대 블로거가 매우 많다는 사실이었다. 유튜브는 엄두가 나지 않아 아직은 철저히 소비자에 머물러 있지만, 생산자들의 면모를 보면 육칠십 대들도 많다.

내가 잠자리에서 자주 듣는 책 읽어주는 영상의 유튜버도 퇴직한 분으로 오십 대 후반으로 추측된다. 영상과 음성만 나오는데 성우 못지않은 목소리로 성우보다는 덜 부담스럽고 편안한 옆집 아저씨 같은 목소리에 반해 구독 중이다. 그분은 구독자 수에 연연하지 않고 매우 기꺼운 마음으로 좋아서 하고 있다는 것이 고스란히 전달된다. 댓글 중에는 그분의 목소리를 들으면서 잠이 들어 불면증을 고쳤다는 분도 있는데 그런 것에서도 매우 보람을 느낀다고 했다.

내가 블로그를 시작한 것은 아주 우연한 계기였다. 다른 목적 없이 기록이 유일한 목적이었기 때문에 처음에는 인증샷처럼 사진만 덜렁 올렸다. 좋은 글귀나 책을 읽다 좋은 문장을 만나면 캘리로 써서 매일 올렸다. 그러다가 문장의 출처를 밝히려고 원문을 찾아 올리기 시작했다. 어떤 날은 내 생각을 조금씩 추가해서 쓰는 날도 있었다. 블로그의 메커니즘도 잘 몰랐기 때문에 다른 사람들이 하는 것을 보고 따라 하면서 조금씩 모양새를 갖춰갔다. 읽고 좋았던 책에 대한 소감이나 소소한 일상, 살다가 문득 떠오르는 생각들을 올리면서 글이 점점 길어지기 시작했다. 그렇게 1일 1포(1일 1포스팅)를 한 것은 2년이 채 안 됐다.

인스타도 잠깐 해봤는데 사진 중심의 인스타와는 다르게 블로그는 아직 약간의 아날로그 감성이 느껴진다. 처음에는 단순히 캘리 기록용이었다가 포스팅을 업로드하고 다른 이웃들의 포스팅을 보는 자체가 힐링이 되는 게 느껴졌다. 그래서 내 블로그 제목도 '힐링의 숲'이다. 이웃이라는 단어가 주는 아날로그적 느낌도 정겨워서 좋다. 내 블로그는 이웃은 많지 않고 나와 결이 맞는 몇몇 분들이 주기적으로 방문하거나 지나가다 나그네같이 들러주시는 분이 있다. 그런 소소함이 친근한 느낌이 들고 진정성 있게 느껴져서 다른 SNS에 비해 나랑 맞는 느낌이다. 이웃들끼리 활발하게 소통하시는 분들도 많다. 이웃으로 만나 친해지거나 팬심으로 만나 친해지는 분들도 여럿 봤다.

어느 날은 현타가 오면서 '나는 왜 블로그를 하는 걸까?'라는 강한 의문이 들 때가 있었다. 마치 블로그 회사에 취직이라도 한 듯이 평일이면 의무감인 듯 포스팅을 하는 자신을 발견했다. 난 왜 이렇게 열심히 하는 것일까. 인스타의 '좋아요'처럼 공감 하트 개수를 많이 받으면 인정받는 것 같아서 그런 걸까. 아니면 직장에 다니던 습관으로 평일이면 뭐라도 해야 할 것 같은 개미 근성인 걸까. 아무도 나에게 블로그를 하라고 강요한 적도 없고 내가 좋아서 시작한 것이고 바라는 것도 없다. 어떤 이들처럼 광고 수익을 올려 돈을 벌겠다는 목적도 없는데 나는 왜 이렇게 매일 성실하게도 포스팅을 하는 것일까.

내 마음을 잘 들여다보니 나는 표현의 욕구를 해소하고 싶은 것이었다. 들어주는 사람이 있든 없든 내 얘기를 하고 싶었고 그것을 공유하고 싶었다. 그런 마음이 없었다면 혼자서 다이어리에 써도 충분한 이야기들이다. 그런데 굳이 공개적인 블로그에 올리고 싶었던 이유는 나는 이런 생각을 하고 있다고 말하고 싶은 표현의 욕구, 그것을 공유하고 싶은 욕구, 그것을 해소하고 싶은 욕구였다. 공감 하트를 많이 받겠다는 욕심도 없고 이기적이지만 블로그를 통한 나의 힐링이 가장 큰 목적이다. 아무리 하찮더라도 내가 올린 글이 혹시라도 누군가에게 위로가 되거나 도움이 된다면 그것만으로 충분하다고 생각하니 그것대로 의미가 있다는 결론을 내렸다.

한번은 지인의 요청으로 중학교에서 하는 '직업인 진로 특강 명예 교사'로 참여한 적이 있다. 내가 전문적인 캘리그라피 강사는 아니지만, 캘리그라피를 하는 사람인 캘리그라퍼라고는 말할 수 있을 것 같았다. 매일 아침 하는 긍정 확언 중에 그런 문장이 있다. '내가 경험하는 모든 일을 기쁘게 맞이한다.' 그런 마음으로 참여한 것이었다. 그런 긍정 확언을 평소에 하지 않았더라면 소심하고 부담스러운 마음에 거절했을지도 모를 일이었다. 그리고 '세상에 보탬이 되는 일이라면 못 할 일은 아니지 않은가.'라는 생각이 들었다.

불만과 권태로 가득한 중학생들을 그다지 흥미도 없는 캘리그라피에 대한 수업을 들으라고 모아두었으니 아이들 심정이 어떨지는 표정에서부터 뻔히 보였다. 그날 수업에서 블로그에 올렸던 1일 1캘리를 보여주면서 아이들한테 매일 꾸준히 하는 것의 힘에 관해 이야기했다. 첫날 올렸던 글씨와 가장 최근에 올린 글씨를 비교해서 보여주니 애들 눈에도 그 차이가 느껴졌는지 작은 탄성이 나왔다.

너희들이 하고 싶은 무언가가 있다면 매일 꾸준히 하라고 했다. 그러다 보면 달라지는 자신을 발견할 수 있을 거라고 자신 있게 말해줄 수 있는 확실한 근거를 제시한 셈이었다. 만약 핸드폰에 저장해둔 사진을 보여줬다면 요즘 애들에겐 별 감흥이 없었을 것이다. 날짜별로 매일 올렸던 블로그가 꾸준함의 힘을 보여준 생생한 증거가 된 것이었다.

오프라인에서의 관계도 중요하지만, 온라인 세상에서 콘텐츠 소비자에만 머물지 말고 생산자가 되어 소통과 공유를 해보는 건 어떨까. 처음부터 멋진 콘텐츠를 만들겠다는 것은 욕심이고 남들 눈을 의식할 필요도 없다. 공감 하트를 많이 받겠다는 욕심도 버리고 그저 자기만족을 목적으로 해도 충분하다. 대단히 큰 노력이나 돈이 드는 일도 아니고 복잡하고 어려운 일도 아니다. 매일 감성적인 사진 한 장만 달랑 올리는 데도 많은 공감을 얻는 이웃을 봤고 나이 육십에 블로그를 시작하신 분도 있다. 조기 퇴직 후 해외 도시별로 한달살이를 하면서 매일의 일상을 유쾌한 글로 남기는 이웃도 있다.

관심 있고 좋아하는 분야를 정해서 시작해보면 새로운 활력소가 될 수 있다. 온라인에서 소통과 공유로 관계 맺기를 통해 세상에 티끌만큼의 도움이라도 된다면 그것만으로도 충분히 보람 있는 일이 아닐까.

5장

다음 생에 말고

바로 지금

시작할 용기

꿈을 현실로 만드는
실행력

생각만 하고 있으면 허상이다. 진짜는 행동이다. 앞뒤를 재보는 많은 생각이 오히려 방해될 수 있다. 무모해 보일 수 있지만, 확신이 있다면 너무 깊이 생각하지 말고 일단 저질러 보자. 뒷수습은 천천히 해나가면 되는 것이다. 활시위를 당겨 조준하고 나서 쏘는 것이 아니라 먼저 화살을 쏘고 난 후에 조준하는 방법도 있다.

결혼 전에 면허증을 따서 운전을 시작한 지 30년이 다 돼간다. 그때 면허증을 딴 이유는 집에서 학교까지 장거리 출퇴근 때문이었다. 바로 옆

도시지만, 시도를 넘나들어 자동차로 다녀도 40여 분 거리로 시내에서도 한참 들어가 있는 학교였다. 시외버스를 타도 터미널에서 학교까지 버스가 한 시간에 한 대 다닐 정도였으니 버스로 다니면 집에서 학교까지 편도로 세 시간이 걸린다. 한 학기는 같은 학교 선생님 차를 얻어 타고 다녔는데 계속 이렇게 다닐 수는 없겠다는 생각에 면허를 따서 중고차라도 사서 끌고 다녀야겠다고 생각했다.

여름방학을 이용해 초단기 속성으로 한 달 안에 끝내야 했다. 필기시험, 코스 시험, 도로 주행시험까지 3단계를 통과해야 했다. 필기는 기출문제집 한 권 공부해서 간신히 턱걸이로 통과. 코스가 가장 난관이었다. 그때만 해도 스틱 차로 면허를 따는 게 일반적일 때였다. 다행히 한 번에 패스하고 도로 주행만 남겨둔 상황이었다. 도로 주행은 신호등만 잘 지키고 차선 변경만 잘하면 대부분 통과되는 관문이다. 아직 도로 주행시험도 안 본 상황에서 중고 경차를 삼백오십만 원에 구입했다.

도로 주행 연습을 하면서 강사한테 난 이미 차를 샀으니 나를 꼭 붙여줘야 한다고 압박을 했다. 강사는 황당해하면서 지금까지 운전 강사 경력에 면허도 따기 전에 차부터 사는 사람은 처음 봤다고 했다. 강사가 보기엔 내가 무모해 보였거나 배짱도 좋다고 생각했을지 모르겠다. 코스까지 통과하면 도로 주행은 세 번의 기회를 준다. 만약에 못 따더라도 이번에 떨어지면 다음번에 따면 된다고 생각했다. 차를 조금 일찍 산 것일 뿐이라고 생각했다. 결국에는 최종 합격해서 개학 날 차를 몰고 출근했다. 평소 출근보다 거의 두 배의 시간이 걸리기는 했지만 말이다. 그 후로도 확실하게 이거다 싶으면 나는 무모할 정도로 밀어붙이는 사람이란 걸 알게 됐다.

어떤 직장인이 매일 책을 한 권씩 읽기로 마음먹었다. 직장을 다니면서 매일 한 권을 읽는 게 어디 쉬운 일인가. 그래서 생각 끝에 퇴근해서 집으로 가지 않고 카페로 향했다. 거기서 책 한 권을 다 읽으면 집으로 갔다. 그렇게 해서 매일 한 권씩 읽을 수 있었다고 한다. 실행력을 높이는 방법 중에는 그것을 할 수밖에 없는 환경으로 나를 밀어 넣는 방법도 있다.

캘리그라피 학원에서 일주일에 한 번 두 시간 동안 글씨를 쓰는 것만으로는 실력이 늘지 않았다. 강사님도 집에서 연습을 많이 하라는 숙제를 내주셨는데 화선지를 펼칠 데가 마땅치 않았다. 식탁에다가 깔판을 펼쳐놓고 먹물에 붓에 잡다한 준비물들을 늘어놓자니 식사 시간과 겹치거나 하면 여간 곤란한 게 아니었다. 마침 집에 남아도는 작은 책상 하나가 있었다. 베란다 한쪽 구석에 놓으니 그 자리에 맞춤이었다. 그렇게 해서 한 평 정도의 공간에 나의 첫 번째 작업실을 만들었다. 항상 깔판을 깔아놓고 화선지와 붓, 먹물은 항시 대기상태로 언제든지 쓰고 싶으면 바로 쓸 수 있는 환경을 만들었다. 매일 마음에 드는 문장을 써서 연습하고 블로그에 매일 포스팅으로 남기는 1일 1캘리를 시작했다.

포스팅을 하다 보니 의외의 효과가 있었다. 사진을 찍어 앨범에 보관하는 것과는 다르게 불특정한 타인들에게 내 글씨를 공개한다고 생각하니 의식하지 않을 수 없었다. 매일 캘리 한 작품을 블로그에 올리기 위해 그 한 장만 쓴 것이 아니었다. 한 작품을 건지기 위해 똑같은 문장을 최소한 열 번 이상은 썼던 것 같다. 그냥 대충 써서 올리기는 싫어서 마음에 드는 글씨가 나올 때까지 쓰고 또 썼다. 전시까지는 아니더라도 내 블로그에 들어오는 타인을 의식하는 효과를 이용한 연습이었다. 그렇게 매일 하니 며칠 사이에는 달라지는 게 느껴지지 않지만 몇 달 전의 글씨와 비교하면 달라진 게 확실히 보였다. 우연히 몇 달 전에 올린 글씨를 보게 됐는데 도저히 눈 뜨고 못 볼 지경이었다.

그것은 글씨를 보는 눈이 높아졌다는 뜻이고 몇 달 사이에 내 글씨가 성장했다는 뜻이었다. 만약에 매일 블로그에 기록을 남기지 않았다면 내가 성장한다는 것을 느끼지 못했을 것이다. '에이 매일 써도 거기서 거기네. 더 나아지는 것도 없고, 재미도 없네.'라고 했을지도 모른다. 버려지는 연습지들이 아까워서 기록으로 올리기 시작했고 내가 성장하고 있다는 것을 내 눈으로 확인할 수 있었다. 그것이 다시 동기부여로 연결되면서 선순환이 일어난 것이었다.

조심스럽게 강사님께 캘리그라피 자격증에 도전해보고 싶다고 했다. 적극적으로 도와주셨고 캘리그라피 자격증을 취득했다. 그리고 알아보니 매월 서너 개 이상의 캘리그라피 공모전이 전국에서 열리고 있었다. 내가 어느 정도 수준인지 스스로 점검해보고 싶은 마음이 들어서 출품해보고 싶어졌다. 이런 공모전은 사용하는 화선지의 규격이 정해져 있고 모두 붓으로 쓰는 캘리그라피다.

정식으로 시작한 지 채 1년이 되지 않았을 때 첫 번째 공모전으로 '정지용 캘리그라피 대전'에 도전했다. 정지용의 시 중에 골라서 쓰는 것인데 종이 규격은 정해져 있지만, 그 외는 자유롭게 구성해도 된다. 그림을 함께 그려도 되고 시의 전체든 일부분이든 글씨로 쓰는 것이다. 공모전마다 조건을 잘 체크해야 하는데 여기는 꼭 두 작품을 제출해야 하며 시의 출처 원본 사진도 함께 제출해서 한 글자라도 틀리면 안 된다는 특이한 조건이 붙어 있었다.

두 달 전부터 고심해서 시를 두 편 골라 구도를 잡아 연습했다. 내 능력을 시험해보고 싶어서 스승님 도움 없이 순수하게 혼자서 구상하고 연습했다. 내 눈에 가장 나은 것으로 두 작품을 골라서 보냈다. 첫 공모전이어서 떨어져도 괜찮다는 마음이었지만, 결과를 기다리는 마음은 약간의 기대감도 없지 않아 있었다. 결과는 특선이었다. 입선만 돼도 감사하다고 생각하고 있었는데 특선이라니 감사하고도 놀라웠다.

내가 잘 썼다는 생각보다는 내 글씨가 잘못된 방향은 아니구나 하는 안도감이 들었다. 그리고는 연이어 두 번 더 공모전에 도전했고 모두 특선을 받았다. 한 평도 안 되는 작업실이라고 부르기도 민망한 곳에서 연습해서 이뤄낸 결과라 뿌듯했다. 상을 탔다고 해서 내 글씨에 만족하는 것은 아니다. 아직 2년도 채 되지 않았는데 몇십 년을 쓰신 분들의 글씨를 보면 비할 바가 아니다. 글씨는 그날의 컨디션에 따라 결과물이 다르다. 평온한 마음으로 쓴 글씨는 글씨에도 그 마음이 고스란히 배어 나온다. 마음이 불편한 날은 붓조차 들고 싶지 않고 그렇게 쓴 글씨는 당연히 마음에 들지 않는다.

수백 번을 써도 완전히 백 프로 만족하는 작품은 나오지 않는다. 이것으로 결정하겠어! 하고 작품이 되는 것은 나 자신과 어느 정도 선에서 타협하느냐의 문제다. 열 번 쓰고 '이 정도면 되겠지.' 하면 거기서 끝나는 것이고, 그것이 마음에 안 들어서 몇십 번을 쓰고 또 써야 만족한다면 거기까지 가는 것이다. 지금까지 썼던 글씨 중에 완전히 마음에 들었던 완벽한 작품은 하나도 없었다. 인생도 마찬가지라는 걸 배운다. 인생도 어느 정도 선에서 타협하고 인정하고 받아들이느냐의 문제다.

지금은 방구석 작업실이지만 나중에 내가 갖고 싶은 작업실을 아주 구체적으로 눈에 보이듯이 생생하게 그려볼 때가 가끔 있다. 언제든지 책에서 쓰고 싶은 문구를 찾아 쓸 수 있게 한쪽에 책꽂이가 있어야 한다. 작업실을 방문하는 손님들에게 차를 대접할 수 있도록 한쪽엔 커피머신과 각종 티도 준비돼 있어야 하며 잔잔한 배경 음악이 흘러나오는 블루투스 스피커도 있어야 한다. 작업을 마치면 편안하게 쉴 수 있는 푹신한 소파도 있으면 좋겠다. 나중에 마당이 있는 집에 살게 된다면 마당 한쪽에 그런 작업실을 만들어도 좋겠다는 생각도 해본다.

 자기 계발하면 대표적인 인물인 데일 카네기가 '20명에게 해야 할 일을 가르치는 일은 어렵지 않지만, 그중 한 명이라도 그것을 실천하게 하는 것은 매우 어렵다.'라고 했다. 마찬가지로 많은 사람이 자기계발서를 많이 읽지만, 그것을 실제로 실천하는 사람은 5%(20명 중 한 명)도 안 된다. 그냥 하기만 해도 적어도 상위 5% 안에는 든다는 것이다. 재능이 있느냐 없느냐의 차이가 아니다. 5% 사람 중에는 재능이 없는 사람이 있을 수 있다. 95% 사람 중에는 뛰어난 재능이 있는데도 불구하고 하지 않아서 평생 모르고 사는 사람도 있을 수 있다.

 5%는 능력의 차이가 아니라 도전하느냐 도전하지 않느냐의 차이다. 지금까지 내 경험으로는 내게 도움이 되는 좋은 방향으로 이끄는 일이라면 얼마든지 저질러도 된다. 조준하고 망설이는 동안 시간은 가고 있다. 일단 쏘는 것도 방법이다.

과정을 즐기면
불안하지 않다

우리의 일상은 대부분 그날이 그날인 것처럼 날마다 비슷하고 반복적이다. 지루한 일상에서 작지만 새로운 경험을 해보려고 노력한다면 조금은 다른 삶을 경험할 수 있다. 내가 이미 잘 아는 것에는 별로 설레지 않는다. 미지의 세계이기 때문에 떨리고 설레는 것이다. 무엇이든 처음 하는 시도는 두렵고 설렌다. 해보지 않았던 것을 시도할 때의 그 떨림. 두렵지만 설레는 그 느낌을 즐긴다면 실패하거나 예상과는 다른 결과가 나오더라도 거기에서 배우는 것이 분명히 있다. 세상에 나쁘기만 한 경험은 없기 때문이다.

교육대학교에서는 초등학교 모든 교과목에 대한 교수법과 교육과정을 기본으로 배운다. 그중엔 예체능 교과목도 포함되며 당연히 실기도 포함된다. 음악은 피아노 연주나 시창, 미술은 크로키, 소묘 등 다양한 미술 실기, 체육은 무용까지 포함한 실기 수업을 받았다. 아직도 기억나는 수업이 많은데 과학 물고기 해부 수업이나 조별 과제로 단체무용을 짜서 발표했던 것도 기억나지만 10단 뜀틀은 정말 잊을 수가 없다.

체육교수님의 한 학기 과제가 10단 뜀틀이었다. 통과하면 무조건 A였던 걸로 기억한다. 10단 뜀틀이면 거의 보통 성인 가슴 정도의 높이다. 매년 종목이 달라졌는데 우리 학번에게 부여된 과제가 10단 뜀틀이라는 것에 모두 아연실색했다. 도대체 이걸 어디다 써먹는다고 우리한테 하라는 것인가, 학교 현장에 나가서 애들한테 시킬 것도 아니고 시범을 보일 것도 아닌데 말이다. 차라리 애들이 뜀틀을 잘 넘을 수 있게 도와주는 방법을 배우는 게 나은 것이 아니냐며 우리끼리 아무리 불만을 토로해도 아무 소용없는 일이었다. 칼자루는 교수님이 쥐고 있으니 말이다.

우리는 절대 불가능하다고 생각하고 거의 자포자기 상태에 빠져 있었다. 그런데 과 친구의 남자친구가 체육과 선배였는데 그 선배가 특별히 우리 과에서 원하는 애들한테만 따로 지도해주겠다는 것이었다. 우리로서는 마다할 이유가 없었다. 체육관에 가보니 과 친구들이 모두 모여 있었다.

1단부터 시작했다. 아주 우습게 통과. 2단, 3단, 한 단씩 뛰어넘었다. 구름판을 구르는 요령과 뜀틀 위에서 어느 부분에 손을 짚어야 하는지, 뜀틀을 넘는 순간 엉덩이를 앞으로 빼줘야 뜀틀에 엉덩이가 걸리지 않는다는 마지막 자세까지 하나하나 요령을 배웠다. 일단 마음의 두려움을 없애는 게 가장 중요했다. 그러자 5단, 6단까지도 거뜬히 넘게 됐다. 한 단 넘을 때마다 마치 게임 레벨 올리듯이 쾌감이 느껴지며 뜀틀이 이렇게 재미있는 것이었나 싶을 정도였다. 배운 대로 하니까 된다는 게 너무나 신기했다. 되는 게 느껴지니까 두려움이 줄어들고 재미있었다. 중요한 건 배운 요령에 맞게 내 몸을 움직이는 것. 그리고 할 수 있다는 나에 대한 믿음이었다. 그러다 보니 7단, 8단도 넘었고 결국엔 우리 과 친구들 대부분이 10단을 넘을 수 있게 되었다.

우리는 하면서도 믿기지 않았다. 다른 친구가 10단을 넘으면 내가 넘은 것처럼 기뻐하면서 박수 쳐주고 격려해줬다. 포기하려는 친구에겐 다시 한번 해보자고 할 수 있다고 용기를 북돋워 줬다. 그러자 모두 10단 뜀틀을 넘는 기적 같은 일이 벌어졌다. 아예 기대조차 하지 않았던 일이 현실로 벌어진 것이었다.

대망의 시험 날이 왔고 우리 과 친구들이 몇 명 빼고는 대부분 통과하니 교수님은 도대체 이 과는 어떻게 이럴 수가 있느냐며 놀라워하셨다. 교수님은 비하인드 스토리를 모르셨고 다른 과와 너무 큰 차이가 났으니 놀라실 만도 하셨을 거다. 예전에 '출발 드림팀'이라는 프로그램에서 지금까지 레전드로 남아 있는 경기종목인 뜀틀을 볼 때마다 그때의 추억이 떠오르곤 했다.

　지금 다시 하라면 도저히 못 하지만 그때의 경험은 기억에도 강하게 남아 있고 무엇보다 몸이 기억하고 있다. 구름판을 굴러 사뿐히 날아올라 손으로 뜀틀을 짚고 착지하는 순간까지. 낮은 단계부터 하나하나 성취해가면 도저히 바라볼 수 없던 일도 해낼 수 있다는 것을 몸으로 체득했다. 아무리 어려워 보이는 일이라도 요령이 있고 그 비법을 익히면 훨씬 더 쉽고 빠르게 해낼 수 있다는 것을 느꼈다. 교수님이 그런 것을 느끼게 해주려고 일부러 그런 과제를 내주셨는지는 모를 일이지만 그 경험으로 세상에 못 할 일은 없다는 것을 몸소 배운 경험이었다.

　그 경험이 내게 준 교훈은 성공적인 결과의 기쁨보다는 결과를 만드는 과정이었다. 올바른 과정은 좋은 결과를 가져온다는 것이다. 행복이란 목표를 이루고 난 후의 결과가 아니라 과정이라는 말도 있듯이 과정 자체가 주는 즐거움이 무엇인지 오롯이 느꼈다.

　나는 지금도 무언가를 시작할 때 나에게 부담을 주는 목표를 세우기보다는 할 수 있는 만큼의 목표만 마음에 품는다. 그리고 꼭 해내야만 한다고 나를 압박하지 않는다. 하면서 속도 조절을 하거나 노선을 변경해야겠다 싶으면 거기에 맞춰 조절한다. 처음부터 대단하고 거창한 목표로 부담을 주면 거기에 질려서 오히려 역효과가 나는 경험을 몇 번 해본 뒤로는 그렇게 한다. 이 방법이 나한테는 더 잘 맞는다.

나에게 맞는 방법은 내가 잘 안다. 내가 어떤 사람인지 알아야 그 방법을 찾기에 수월하다. 나는 너무 큰 목표가 나를 짓누르는 것이 부담되는 사람이다. 자잘한 성취를 하나씩 이뤄가는 것이 나에게는 더 잘 맞아서 이 방법을 쓴다. 각자에게 맞는 방법은 고유한 성향처럼 다르므로 누구에게 맞는 방법이 다른 누구에게는 맞지 않을 수도 있다.

블로그에 매일 포스팅을 하는 것도 '하루도 빼지 않고 꼭 매일 하겠어.' 라고 마음먹었다면 오히려 부담스러웠을 것이다. 사정에 맞게 할 수 있으면 하고 못 하게 되면 못한다고 생각하니 오히려 마음 편했다. 그렇게 생각하고 시작했는데 주말은 제외하고 매일 포스팅을 했다. 주말을 제외한 이유는 주말까지 부담스럽게 만들면 내가 지칠 것 같아서 스스로 조절한 거다. 아무리 취미생활이라도 주말은 오롯이 쉼에 집중하자는 마음인데 가끔 내키면 주말 포스팅을 할 때도 있긴 하다. 그렇게 가벼운 마음으로 과정을 즐기면 부담스럽지 않게 할 수 있다. '꼭, 반드시, 완벽하게' 같은 구호는 외치지 않는다. 그것보다는 '즐겁게, 재미있게'가 나에게는 더 중요하고 효과적이다.

필라테스를 꾸준히 할 수 있었던 것은 내 몸에 대한 일종의 경쟁심이었다. 필라테스는 처음 하면 몇 주는 끙끙 몸살을 앓는다. 평소에는 잘 안 쓰던 근육을 갑자기 온 힘을 다해 사용하니 무리가 오는 게 당연하다.

온몸의 근육들이 죽겠다고 아우성을 치는데 나중에는 오기가 생겼다. 이렇게 끙끙 앓으면서 몇 주 동안 만든 근육이 아까워서라도 그만두지는 못하겠다는 생각이 들었다. 내 몸인데 내 몸 하나 마음대로 하지 못하고 지는 게 싫었다. 조금만 더 하면 근육이 붙을 텐데 하면서 조금만 더 해보자 하다 보니 지금까지 하게 된 것이다.

무언가를 하려고 할 때 두렵고 불안한 이유는 잘 모르기 때문이다. 결과에 집착하기보다는 게임에서 레벨을 올리듯이 과정을 즐기면 불안하지 않다. 중간중간 내 지점을 확인할 때 자신의 성장한 모습에서 느껴지는 뿌듯함이 있다. 뜀틀을 배우기 전엔 두려움이 앞섰다. 잘 몰랐기 때문이다. 하지만 방법을 배우고 요령을 제대로 알고 나니 할 수 있겠다는 자신감이 생기고 즐거운 놀이처럼 느껴졌다.

그리고 중요한 또 하나는 나 자신을 다른 사람들과 비교하지 않기로 했다. 나보다 잘하는 사람들과 비교하면 주눅이 들어서 잘하던 것도 흥미를 잃는다. 어제의 나 또는 한 달 전의 내가 경쟁상대다. 그때보다 조금이라도 나아졌다면 잘하고 있는 것이다. 그렇게 나 자신만 보고 한 발 한 발 앞으로 나아가는 것이다.

어떤 것에 몰입하면 저절로 재미와 즐거움이 느껴지며 시공간에 대한 감각이 무뎌지는 경험을 할 때가 가끔 있다. 몰입에서 빠져나오고 나서야 현실감이 살아난다. 끝내고 났을 때야 시간이 이렇게나 흘렀음을 느낀다. 내 앞에 주어진 작은 목표들을 하나하나 성취할 때마다 느껴지는 몰입의 쾌감이 크다. 크고 장기적인 목표보다 자잘한 단기목표들을 세워 놓고 나 자신과 배틀을 한다고 생각한다. 거기서 느껴지는 성취감이 다음 단계 목표를 세우게 만든다.

다가올 오십 대에 내가 좋아하는 그것에 빠져들어 몰입의 과정을 즐기고 있을 내 모습을 상상하면 두려움도 불안도 느껴지지 않는다. 이 계획이 어떤 난관을 만날지 모르고 틀어지더라도 잠깐 우회하면 된다. 몰입의 순간들이 연결되면 어느 날 뒤돌아본 순간 먼 길을 걸어왔다는 사실에 놀라고 내가 예상했던 목표 지점보다 더 멀리 더 높은 곳에 닿아 있을지 모를 일이다.

간절함이
두려움을 넘어선다면

좋은 드라마는 한 편의 좋은 소설을 읽는 것에 버금간다고 생각한다. 아이들 키울 때는 드라마를 볼 시간도 여유도 없었다. 몇 년 전 OTT 서비스에 가입하게 되면서부터 드라마 덕후가 됐다. 해본 사람은 알겠지만 16부작 드라마를 단 며칠 만에 정주행하는 맛에 빠지면 매주 방송하는 드라마를 참고 기다리지 못하게 된다.

〈나빌레라〉라는 드라마가 있다. 어릴 때부터 발레리노가 되는 게 꿈이었지만 먹고사는 데 바빠 이루지 못한 꿈이 한이 되어 나이 일흔에 발레를 시작한 덕출 할아버지가 주인공이다. 그리고 방황하는 젊은 발레리노 채록이 등장한다. 채록이 교수의 제안으로 덕출을 가르치게 되면서 벌어지는 이야기다. 채록은 짜증이 나지만 교수가 시킨 일이라 어쩔 수 없이 덕출을 가르친다.

덕출은 가족들 몰래 발레를 배우러 다니다가 들키는데 아내며 자식들까지 모두 창피하다며 덕출의 마음을 알아주는 사람은 한 사람도 없었다. 그런 와중에도 발레복을 숨겨가며 배우러 다니는 덕출 할아버지. 어린 사람에게도 힘든 자세를 진땀을 흘려가며 쉬지 않고 연습을 한다.

발레 재능은 타고났지만, 의지와 동기를 찾지 못해 방황하는 채록은 그런 할아버지를 보면서 묻는다. "할아버지, 발레가 그렇게 좋아요? 왜 좋은데요?" 덕출은 대답한다. "내가 무서운 건 하고 싶은데 못하는 순간이 오거나 내가 하고 싶은 게 뭔지 기억조차 안 나는 순간이 오는 거야. 그래서 난 지금, 이 순간이 소중해. 할 수 있을 때 망설이지 않고 끝까지 한번 해보려고."

그 드라마를 다 보고 난 후 미적거리며 고민하던 캘리그라피 학원에 그날로 등록했다. 사지육신 멀쩡한 몸으로 하고 싶다고 생각만 하면서 왜 안 하고 있냐고 말하는 것 같았다. 내 몸이 할 수 있을 때 망설이지 말고 하자는 마음이었다. 드라마 한 편이 나를 움직이게 했다. 덕출 할아버지처럼 절벽 끝에 가서야 하지 못했던 것을 후회하거나, 몸과 마음이 힘들어져서 하고 싶어도 할 수 없을 때 안 했던 것을 후회하고 싶지 않았다. 하고 싶은 것이 있다면 할 수 있는 몸과 마음 상태라는 것에 감사하는 마음으로 즉시 하자로 바뀌었다.

간절함과 두려움은 공존한다. 그 둘 사이에는 반비례의 법칙이 적용된다. 두려움이 커지면 꿈은 쪼그라들고 간절함이 커지면 커질수록 두려움은 작아진다. 하루하루 기억이 사라져가는 덕출 할아버지의 절박한 간절함이 발레학원의 문을 두드릴 수 있는 용기를 낼 수 있게 등 떠밀어 주었을 것이다.

무언가를 새롭게 시작하겠다고 마음먹는 게 쉬운 일이 아니며 더더욱 어려운 건 실행에 옮기는 것이다. 우리에게 허락된 시간이 얼마일지 알 수 없다. 오늘이 가장 젊은 날이라는 말처럼 할 수 있다면 지금 당장 해야 한다. 간절함이 크면 두려움을 이겨낼 수 있다. 내일이 생의 끝이라고 생각한다면 못 할 게 무엇이 있을까. 내일 죽을지도 모른다는 마음으로 오늘을 산다면 못 할 것이 없다. 너무 비관적인 거 아니냐고 할 수 있지만, 그런 생각이 간절함을 키워주고 두려움이 사그라들게 해준다. 비관적 관점을 역이용한 실행력에 놀랄 것이다.

그때 이후로 뭔가를 새롭게 시작하는 것에 대한 고민의 시간은 짧아졌다. 여행을 가고 싶다면 최대한 빨리 가능할 때 떠나자. 먹고 싶은 게 있다면, 배우고 싶은 게 있다면, 하고 싶은 말이 있다면 등…. 수도 없이 내가 원하는 것들은 할 수 있는 한 최대한 빨리하는 것으로 실행력에 불을 붙여 주었다.

하고 싶다고 해서 모든 것을 다 하고 살 수 없는 게 인생이기도 하다. 내가 어릴 때 많이 들었던 말이기도 하고 우리 애들을 키우면서도 많이 했던 말이기도 하다. 그런데 오십이 된 나이에도 해당하는 말일까. 오히려 하고 싶은 것만 골라서 하고 살아도 남은 인생이 얼마인지 모르는 일이다.

한 사람의 인생이 사랑하고만 살기에도 부족하고 짧다는 말처럼 하고 싶은 것만 하고 살기에도 짧은 인생이다. 이제야말로 하고 싶은 것이 있다면 더 이상 미뤄서는 안 되는 때가 아닐까. 조금만 더 나 자신에게 아량을 베풀었더라면 좋았을 것을. 지금까지 내가 믿고 살았던 신념이나 가치관이 정말 옳은 것이었나 하는 회의감이 들 때가 있다.

이제 막 시작될 오십 대에는 삶의 의미와 가치를 어디에서 찾아야 할까. 오십 대 정도 되면 인생을 오히려 너무 잘 알아서 새로운 삶에 도전하기가 어려울 수 있다. 다른 것을 시작할 용기가 잘 나지 않는다. 아무 일도 없는 게 행복한 거지, 또는 지금 이대로가 좋다고 할 수 있다. 틀린 말은 아니다. 행복이란 특별한 이벤트가 아니라 평온한 일상임을 너무 잘 안다. 정말 맞는 말이다. 이제 와서 새로운 모험을 하기엔 우린 세상에 대해 너무 많은 것을 알고 있다. 차라리 인생에 대해 적당히 몰랐던 어릴 때가 더 용감했다.

그렇다면 중년기에서 어쩌면 마지막 기회일 수도 있는 오십 대를 그냥 흘려보내야 할까. 정말 어쩔 수 없다면 깨끗이 포기하고 다음 생으로 미루겠지만, 지금 당장 할 수 있는 것이라면 다음 생으로까지 미룰 필요가 없다. 하고 싶은 것만 하고 살기에도 인생은 짧다. 오십 대의 끝에서 회상하며 나는 오십 대에 이렇게 살았다고 내 삶의 가치에 대해서 말할 수 있으면 좋겠다.

니체는 말했다. '지금 이 인생을 다시 한번 완전히 똑같이 살아도 좋다는 마음으로' 살라고. 조금의 후회도 억울함도 없이 살라는 것이다. 다음 생도 이번 생과 똑같다면 어떻게 하겠는가. 지금 하고 싶은 일을 다음 생으로 미룬다면 다음 생에서도 똑같이 그런 삶을 살 것이다. 내 삶의 끝이 언제일지는 아무도 모른다. 후회 없이 살고 싶다면 지금 바로 시작할 용기를 내야 할 것이다.

삶의 동기부여나 자극을 받기 위해서 자기계발서를 읽는 사람들이 많다. 분명히 좋은 책이고 그런 책을 쓴 저자는 이미 성공한 훌륭한 사람이라는 것은 확실하다. 하지만 그것은 그들의 방법일 뿐이다. 물론 참고는 할 수 있다. 자기계발서를 읽고 나서 자기 행동이 달라진 것이 있는지 돌아보기를 바란다. 중요한 것은 나는 지금 무엇을 실천하고 있는지 확인해 보는 것이다. 책을 읽지 않더라도 이미 무언가를 실행하고 있는 사람이라면 그 사람은 자기계발서 백 권을 읽은 사람보다 앞서가는 사람이다.

실행하지 않는 것은 그만큼 간절하지 않다는 것이다. 간절함이 있다면 시작하는 것쯤은 두려움을 넘어서는 일이다. 간절하다면 어떻게든 시작할 방법을 찾게 된다. 누가 시키지 않아도 자석에 끌리듯 몸과 마음이 그리로 향하고 움직인다. 그러고 나서 끝까지 해나가는 것, 간절함을 유지해나가는 것은 또 다른 문제다. 시작하고 난 후에도 곳곳에 나를 방해하는 것들이 여기저기 포진하고 날 기다리고 있다.

'꽃길만 걸으세요.'라는 흔한 무한긍정의 말도 그냥 듣기 좋으라고 하는 허울 좋은 말일 뿐이다. 나이 오십쯤 되면 인생은 꽃길이 아니라는 것을 저절로 알게 된다. 오히려 인생은 가시밭길이라는 말이 진정으로 와닿으며 위안이 된다. '나만 가시밭길이 아니구나.' 하면서 위로받는 것이다. 너무 염세적이라거나 냉소적이라고 할 수 있지만, 그것이 현실이다. 그래서 언제부턴가 밑도 끝도 없는 긍정 문구를 별로 좋아하지 않는다. 낭만이 없다고 할지 모르겠지만 낭만과 무한긍정은 다르다. 예를 들어 나태주 시인의 「새해 인사」라는 시에서 '해님과 달님을 삼백예순다섯 개나 공짜로 받았지 뭡니까.'라는 구절은 낭만적이라서 나도 참 좋아한다. 하지만 '부자 되세요.'라든지 '꽃길만 걸으세요.'라는 말은 당장은 듣기 좋지만 조금 생각해보면 비현실적이며 영혼 없는 말처럼 느껴진다.

휴직을 하면서 내 앞에 꽃길만 있을 것으로 생각하지 않았다. 마냥 좋은 날들만 있지는 않을 것이라고 각오했다. 이건 부정적으로 생각하는 것과는 약간 방향이 다르다. 인생에는 어느 정도의 고뇌와 번민이 있기 마련이고 지금까지 살아온 삶의 패턴에서 갑자기 달라지는 것이기 때문에 분명히 내적 갈등이 있을 것이라고 예상했다. 그렇게 생각하고 시작하니 불쑥불쑥 그것들이 튀어나와도 당황하거나 놀라지 않았다.

캘리그라피를 시작하면서도 설레고 부푼 마음으로 첫발을 뗐지만 때가 되면 슬럼프가 올 것이라는 예상을 했다. 블로그도 블로그 권태기라고 부르는 블태기가 언젠가는 올 것으로 생각했다. 그런 예견을 하고 시작하니 슬럼프나 권태기가 찾아왔을 때 갑자기 뒤통수를 맞은 느낌이 아니라, 올 것이 왔다고 생각하면서 여유롭게 대처할 수 있었다. 삶이란 크고 작은 변수들이 언제 갑자기 나타나서 나를 뒤흔들어 놓을지 모른다고 생각하는 편이 나을지도 모른다.

시작하면 포기하지 않고 얼마나 꾸준히 할 수 있을까를 생각해야 한다. 시작하는 것은 계속 꾸준히 하는 것에 비하면 오히려 쉬운 일일 수 있다. 힘들여 시작하고도 작심삼일이라는 말처럼 초심을 유지하는 것이 얼마나 어려운 일인지 생각해보라. 절실함이 있다면 못 할 것이 없다.

설레는 마음으로 오십 대를 계획하지만 분명히 꽃길만은 아닐 것이며 외적 갈등이든 내적 갈등이든 예상치 못한 복병이 있을 것이라고 각오하는 편이 마음이 편하다. 어느 길에든 있게 마련인 고난이 무섭다고 회피하지 않겠다. 두려움은 피하려고 하면 할수록 그 크기가 커져서 결국엔 나를 쓰러뜨리기 때문이다.

시작할 때는 간절함을 부풀려서 두려움을 극복할 수 있다. 시작한 후에는 간절함의 불씨를 꺼트리지 않고 유지하는 것이 더욱 중요한 일이다. 그래야 내 안의 두려움을 넘어설 수 있다.

생의 끝을 의식하며
오늘을 산다

2022년 백상예술대상에서 남자조연상을 받은 조현철 배우의 수상소감이 한참 동안 화제가 된 적이 있다. 투병 중인 아버님께 용기를 드리고 싶다며 시작한 수상소감이었다. "아빠가 눈을 조금만 돌리면 마당 창 밖으로 빨간 꽃이 보이잖아. 그거 할머니야. 할머니가 거기 있으니까 아빠가 무서워하지 않았으면 좋겠어. 죽음이라는 게 난 그렇게 생각하는데 그냥 단순히 존재 양식의 변화인 거잖아…."

죽음을 앞둔 아버지를 위로하는 수상소감이란 점에서 화제가 되기도 했지만 죽음에 대한 젊은이의 깊은 고찰이 느껴지기도 했다. 죽음은 아무엇도 없는 끝이라거나 환생이나 사후세계가 있다거나 하는 각자의 종교관이나 가치관에 따라 죽음을 규정하곤 한다. 그런데 이 배우는 죽음을 '존재 양식의 변화'라고 생각했다. 꽃이 나뭇가지에 활짝 피어 있거나, 땅에 떨어지거나, 흙에 스며들어 거름이 되더라도 각기 다른 모습으로 존재하는 것이다. 존재 양식이 달라진 것일 뿐, 어떤 방식으로든 우리 곁에 존재하고 있다.

죽음은 증명된 것이 없으니 딱히 뭐라 규정지을 수가 없어서 종교적이든 과학적이든 각자 죽음에 대한 가치관에 따라서 나름의 방식대로 규정하는 듯하다. 나이 오십이 된 가수 박진영이 어느 프로그램에서 "열심히 사는 것, 행복한 가정을 꾸리는 것을 넘어 요즘은 마치 사춘기가 온 것처럼 죽음에 대해 생각하게 된다."라는 말에 나 역시 크게 공감했다.

비록 공황발작이긴 했지만, 그때 느꼈던 죽음의 그림자는 죽음이란 결코 삶과 따로 떨어진 것이 아니며 삶과 같은 선상에 공존하는 것임을 느끼게 해줬다. 그렇게 생각하니 한편으로는 삶이 한없이 덧없게 느껴지며 생의 덧없음에 대한 환멸이 느껴지기도 했다.

마음 아픈 기억이지만 제자의 장례식에 간 적이 있다. 그 아이를 2학년 때 담임하고 3학년으로 올려보낸 지 한 달 조금 지난 4월 중순쯤 갑자기 하늘나라로 떠났다는 소식을 들었다. 사고도 아니었고 갑작스러운 발병으로 인한 부고였다. 원체 몸이 약한 아이이긴 했지만 어떻게 죽음의 그림자가 단 며칠 사이에 한 아이를 그렇게 쉽게 거둬간단 말인지.

장례식장에 들어서니 영정사진 속의 아이가 유치원 졸업식 학사모를 쓰고 해맑게 웃고 있었다. 어린 제자에게 두 번 절을 하는데 억장이 무너지는 심정에 나도 모르게 '아이고' 소리가 저절로 튀어나왔다. 옛날 사람들이 하던 곡소리가 그냥 하는 소리가 아니었다. 엄마를 보니 허망한 마음에 아무 말도 나오지 않아서 한참을 안아줄 수밖에 없었다.

다음 날 아침 출근하자마자 교장실로 긴급 부장 회의가 소집됐다. 아침 회의는 거의 없는 일이라 무슨 일인가 하고 놀라서 모였다. 아이의 부모님이 장지로 떠나기 전에 학교 순회를 원한다는 것이었다. 다른 아이들이 받아들일 정신적인 충격을 생각하거나 학부모들의 민원을 고려할 때 어떻게 하는 것이 좋을지 의견을 모아보자는 것이었다.

내 입에서 나도 모르게 이런 말이 나왔다. "내 자식이 그런 일을 당했어도 매일 뛰어놀던 학교를 돌아보게 해주고 싶은 게 당연한 부모 마음 아닐까요. 민원이 있다면 민원을 제기한 부모에게 문제가 있다고 생각합니다. 오히려 민원인에게 처지를 바꿔서 생각해보시라고 말할 수 있지 않을까요."

그리고 차마 입 밖으로 말하지는 않았지만, 아이들이 받을 충격이라니. 아이들도 나름 각자의 방식대로 죽음을 해석한다. 하다못해 키우던 강아지나 고양이가 죽을 수도 있다. 그러면 아이 모르게 감쪽같이 그 죽음을 감출 수 있다고 생각하는지. 과연 교육적인 면으로 생각하더라도 감추고 쉬쉬하는 것이 죽음을 대하는 올바른 태도일까. 결국 그 아이의 영정사진은 교실의 자리에 앉아보고 장지로 떠났으며 민원을 제기한 학부모는 단 한 명도 없었다. 오히려 많은 학부모가 그 아이의 떠나는 모습을 함께 지켜보며 애도해주었다.

대여섯 살쯤에 시골에 사시는 외삼촌이 돌아가셨다. 그때의 장례식 풍경을 지금도 생생히 기억한다. 마당 한쪽에서 외삼촌 아들인 초등학생 사촌오빠가 누르스름한 상복을 입고 공놀이하던 모습, 마당에 음식상이 차려지고 동네 사람들이 함께 먹고 마시던 장면, 장정들 여럿이 상여를 들고 가며 곡을 하던 풍경까지. 다른 때와는 뭔가 다른 분위기라는 느낌이 들었지만 무슨 일이 벌어진 줄도 모르던 철없던 나를 포함한 사촌들에게는 마냥 진기한 처음 보는 풍경이었다. 아이들은 어른들 걱정과는 다르게 죽음을 덜 무겁게 받아들인다.

딸이 열 살 정도였을 때 키우던 햄스터가 죽었다. 가장 먼저 발견한 게 딸이었다. 움직이지 않는다고 말하며 죽은 것 같다고 했다. 아빠와 함께 아파트 화단에 묻어주고 좋은 곳으로 가라며 우리만의 장례식을 치렀다. 오히려 어른들이 죽음을 터부시하며 부정적으로 다룬다. 죽음도 삶의 한 부분이며 교육의 일부분이어야 한다.

며칠 전 시아버님께서 투병하시다 돌아가셔서 장례를 치렀다. 할아버지와 마지막 인사를 하는 심정으로 입관부터 발인, 화장터, 장지까지 모든 과정을 손주들도 함께했다. 손주들이 고등학교 2학년부터 서른까지로 장례식을 하는 모든 과정을 가까이서 지켜본 것은 처음이었다. 할아버지가 한 줌의 뼛가루로 남는 과정을 지켜보며 무슨 생각들을 했을까. 삶을 바라보는 관점이 조금은 달라졌을 것이라 짐작한다.

죽음이 달가울 일은 결코 아니지만 우리나라는 지나치게 부정적으로 금기시한다. 시부모님께서 투병하시는 모습을 옆에서 지켜보며, 친정 부모님이 조금씩 사그라드는 모습을 느낄 때마다 저절로 죽음에 대해 생각을 하게 된다. 결코 가벼운 주제가 아니므로 우린 애써 죽음에 대해 말하기를 꺼린다. 피하고 싶은 단어이며 굳이 입 밖으로 내고 싶어 하지 않는다.

하지만 우리는 태어나는 순간부터 죽음이라는 과녁을 향해 달려가고 있고, 삶과 죽음은 하나의 선으로 연결돼 있어 누구도 피할 수 없다. 생자필멸, 생명이 있는 것 중에 영원한 것은 결코 없다. 생로병사 중의 어느 하나도 인간의 마음대로 할 수 있는 것은 없다. 쓸쓸하고 무섭고 속상하고 허망하게 느껴지지만, 우리도 언젠가는 자연으로 다시 돌아가야 할 자연의 일부인 인간일 뿐이다.

생의 덧없음의 환멸이 느껴지고 나서 다음으로 찾아온 것은 아이러니

하게도 허무함에 비례한 만큼 아니 그보다도 더 크고 절실하게 느껴지는 삶의 소중함이었다. 내가 지금 향유하고 있는 모든 것들, 나를 둘러싼 모든 것들이 더욱 소중하게 느껴졌다. 꽃이 피는 건 짧은 한철이지만 짧아서 더욱 소중하며 그래서 더 자주 봐줘야겠다는 마음이 들었다.

강아지의 짧은 수명을 생각할 때 죽음으로 느낄 고통을 마주할 자신이 없어서 키우기를 꺼렸는지 모른다. 강아지를 걱정한 것이 아니라 내 마음이 느낄 애도의 고통을 현재로 가져와 비겁하게 회피하려고 한 것이다. 미리부터 슬픈 일이라거나 덧없다고 생각할지 모르지만 그렇게 심각할 필요가 없다고 생각하기로 했다. 함께하는 지금 이 순간에 충실하면 된다고 생각을 바꿨다.

생의 덧없음을 느끼고 덧없음에 대한 환멸을 느낀 것이 오히려 삶의 소중함을 일깨워줬다. 여전히 가끔은 덧없음과 소중함 사이를 방황할 때도 있지만 전에 비하면 '인생이 그렇지 뭐.' 하는 여유가 조금은 생겼다.

'죽음은 우리와 아무 상관없는 것이다. 우리가 존재하는 한 죽음은 아직 오지 않은 것이며, 만약 죽음이 이미 와 있을 때는 우리는 이미 존재하지 않기 때문이다.'라고 에피쿠로스가 말했다. 영원히 죽지 않을 것처럼 사는 사람도 있지만, 내일 죽을 것처럼 사는 사람도 있다. 어릴 때는 전자처럼 살았다면 요즘은 점점 후자 쪽이 돼가는 느낌이 든다.

내일 죽는다고 생각하면 용기 내지 못 할 일이 없다. 그런 마음으로 세상을 대하면 모든 것들이 소중하다. 생의 끝에서 오늘 나의 모습을 본다면, 무슨 생각을 하며 어떤 말을 해주고 싶을까를 생각해본다면 함부로 살 수가 없다. 살다 보면 불현듯 죽음이 떠오를 때가 있다. 애써 회피하지 않기로 했다. 생각나면 생각나는 대로 부정하지 않고 떨쳐내지 않기로 했다.

죽음을 규정하지 않고 어떻게 더 나은 삶을 영위할 수 있을까. 죽음을 생각하는 것은 삶에 대한 가치관을 정립하고 더 잘 살기 위해서다. 그러다 가끔은 좋은 일에 설레기도 하고 뿌듯해하기도 하고 충만함을 느끼기도 하면서 삶을 완성해나갈 것이다.

행복할 이유는
뷔페처럼 많다

사람은 참으로 복잡한 존재라서 행복을 느끼기 어려운지 모른다. 우리 집 강아지 라떼는 간식 하나에도 행복해한다. 산책하러 나가서 간식까지 주면 세상을 다 가진 듯 입이 찢어지게 웃으며 행복해한다. 그런 점에서는 가끔 라떼가 부러울 때가 있다.

인간은 감정적으로 충만해야 행복감을 느낀다. 그 충만함이란 것이 행복을 감지하는 촉수를 예민하게 세우지 않으면 못 느끼고 넘어갈 때도 많다. 작은 성취에 만족하는 사람이 있고 거대한 목표에 도달해야 행복감을 느끼는 사람도 있다. 또는 성취랄 것도 없는 아주 작고 사소한 기쁨만으로 행복을 느끼는 사람도 있고 말이다. 누가 옳다고 할 수 없고 무엇이 맞는 삶이라고 평가할 수도 없는 문제다. 각자의 기준대로 사는 게 인생이니까.

휴직하고 시간을 가지면서 나름 인생의 방향을 정했다고 생각했다. 그래도 여전히 흔들린다. 흔들리며 가는 것이 인생임을 인정하고 받아들인다. 나침반의 바늘도 자세히 보면 멈춰 있지 않고 계속 흔들리며 방향을 잡는다. 우리도 그렇게 매번 흔들리면서 방향을 찾아간다. 흔들리지 않고 피는 꽃은 없듯이 말이다.

이 길의 끝이 어디인지 모르고 목적지도 정해져 있지 않다. 구불구불 이어진 길을 따라가기로 한다. 길가에 핀 들꽃도 보고 저 멀리 산굽이 능선도 바라보다가 졸졸 흐르는 개울물에 발도 담그면서 그렇게 천천히 가기로 한다. 어릴 때 방학만 되면 놀러 갔던 시골 외갓집의 들판 길, 논두렁, 밭두렁 길을 걸어가듯이 그렇게 말이다. 한 길만 고집하지도 않는다. 내 처지와 상황에 따라 언제든 바뀔 수 있다는 여지도 남겨둔다. 하지만 뒤로 가지는 않을 것이다.

갑자기 다르게 살려고 하면 지금까지 살아온 삶의 방식에 중독된 듯 나를 놓아주지 않는다. 얼마 전 중독에 관련된 글을 읽으면서 내 삶의 전환도 중독에서 벗어나기만큼이나 어려운 일일지 모른다는 생각이 들었다. 작가가 알코올중독을 벗어나는 과정을 설명하는 것을 보면서 마치 공기처럼 익숙했던 생활패턴을 끊는다는 건 매일 마시던 술을 끊는 것과 비슷한 고통이 아닐까 생각했다. 살던 대로 살아온 생활방식은 나에게 어떤 판단도 생각도 요구하지 않았다. 지금까지 살아온 삶의 형태가 당연하고 맞는 것으로 생각했으니 그랬다. 하지만 이제부터는 나 자신과 직면해야 한다. 나를 주저앉히려는 빌런과 맞서야 한다.

삶의 의미나 가치를 찾는다는 건 결국 실존의 문제이다. '왜 살아야 하는지 아는 사람은 그 어떤 상황도 견딜 수 있다.'라는 니체의 말이 의미 있게 다가온다. 악명 높기로 소문난 아우슈비츠 수용소를 포함해 네 개의 수용소를 거치며 살아남은 정신과 의사 빅터 프랭클이 겪은 실화를 쓴 『빅터 프랭클의 죽음의 수용소에서』가 증거다.

삶과 죽음의 경계에서 외줄 타기를 하는 수용소지만 누구는 성자가 되기도 하고 누구는 돼지가 되기도 하더라는 걸 빅터 프랭클은 분명히 보았다. 이성은 마비되고 원초적인 욕구만이 남은 수용소라지만 이탈리아 아리아를 부르는 사람도 있고 시를 읊거나 바이올린 소리가 들리기도 한다. 자기 배설물 위에 누워 뒹굴거나 음식을 거부하고 소중하게 아껴뒀던 담배를 다 태우고 나서는 수일 후에 주검으로 발견되기도 한다. 그런 곳에서 빅터 프랭클을 포함한 몇몇은 끝까지 버티고 살아나왔다.

처음부터 결정지어진 것도 강요당한 것도 아니었다. 환경이 사람을 결정짓는 것이 아니라 각자 개인의 내적인 선택의 결과라는 것을 빅터 프랭클은 생생히 경험한 것이다. 비단 수용소에만 국한된 이야기가 아니라는 생각이 들었다. 우리네 일상에서도 강도의 차이만 다를 뿐이지 상실감을 느끼거나 삶의 허무를 느끼는 사람들이 얼마나 많은가. 그것을 실존적 공허감이라고 빅터 프랭클은 말한다. 실존적 공허는 권태를 느끼는 상태에서 많이 나타난다고 한다.

어느 누구도 내 삶의 시련을 대신해주거나 고통을 대신 짊어질 수 없다. 자기 시련이나 고통을 해결하는 방법은 오직 본인의 선택에 달린 것이다. 그리고 그렇게 선택한 길을 지속하는 힘도 자유의지이다. 비슷한 예로 강력범의 경우 불우했던 어린 시절이나 성장 환경이 원인인 듯이 얘기하곤 하는데, 그런 환경이 나쁜 길로 빠지는 당연한 이유가 되지는 않는다. 범죄를 저지른 것은 본인의 내적인 선택의 결과일 뿐이다. 불우한 환경이 범죄를 저지를 만한 타당한 근거라고 말할 수 없다. 비슷한 환경에서 훌륭하게 잘 자란 사람들이 더 많다.

갈등이 숱한 일상에서 평온한 마음 상태를 유지하기란 수도승이 수행하는 것과 비슷하지 않을까 싶다. 언제 한번은 딸한테 지나가는 말로 "인생이 수행인 것 같아. 굳이 머리 깎고 절에 들어갈 필요가 없어."라고 했더니 황당한 표정으로 나를 멍하니 바라보다가 하는 말이 "엄마! 해탈했어?" 그런다. 해탈이 그렇게 쉬운 일이었으면 부처가 돼도 벌써 되지 않았을까. 헤르만 헤세의 『싯다르타』를 보고 나서 튀어나온 말이었다.

싯다르타는 속세와 부딪혀가며 세상을 사랑하고 세상을 업신여기지 않으며 모든 존재를 외경심을 가지고 바라본다. 구도의 길은 정해진 길 하나만이 아니며 우리 인생도 역시 각자의 길이 있을 뿐 더 좋은 길도 없다. 더 나은 길이 없으니 굳이 어떤 길을 가야 한다고 고집할 필요도 없다. 무엇을 하느냐, 어떻게 사느냐의 문제가 아니라 어떤 마음으로 사느냐가 더욱 중요한 문제라는 생각이 든다.

몸과 마음의 여유가 생기면서 전에는 안 보이던 것들이 보이고 세상 만물이 새롭게 느껴지는 순간들이 많았다. 눈길 한번 줄 틈도 없이 살 때는 바위같이 느껴졌던 아파트 화단이나 동네 공원의 나무들이 요즘 나에겐 생생한 생명력으로 계절의 변화를 알려주는 식물원이다. 어느 여름날 매일 지나다니던 아파트 화단에서 판타지 영화에 나올 듯한 붉은 꽃이 만발한 배롱나무를 발견한 순간을 잊지 못한다.

그 자리에 항상 있던 나무였는데 마치 처음 보는 듯했다. 한여름을 지나 초가을까지 진분홍의 예쁜 꽃을 보여준다는 사실도 처음 알았다. 마당이 있는 집에 살게 된다면 가장 먼저 마당 한쪽에 배롱나무를 심겠다고 다짐했다. 달에만 있는 줄 알았던 계수나무를 가까운 공원에서 발견한 것도 식물 무지렁이인 나에겐 눈알이 튀어나올 만큼 놀랄 일이었다. 모두 내가 동네에 살던 십 년 내내 항상 그 자리를 지키던 나무들이었다. 바빠 살 때는 결코 눈에 들어오지 않았던 것들이고 마음이 평온하지 않다면 느낄 수 없는 것들이다. 자연을 가까이 접하고 사계절의 변화를 오롯이 느끼며 살아가는 일상도 평온한 기쁨이다.

휴직을 하고 제일 먼저 끊은 것이 뉴스와 기사였다. 마음먹은 것이 아니라 찾을 필요가 없으니 자연스럽게 안 보고 안 듣게 됐다. 그렇게 살아도 일상에 전혀 지장이 없었다. 정말 중요한 소식이라면 어떻게든 내 귀에까지 들어온다. 꼭 월든 호숫가나 숲속에 들어가 살아야 자연주의자가 되는 것이 아니다. 도시에서도 충분히 자연주의로 살 수 있다. 우리의 마음이 거기에 닿지 못할 만큼 바삐 살기 때문에 느끼지 못할 뿐이다. 가까운 곳에 생태 습지를 발견해 산책을 한다든지 공원의 풀이나 나무 하나도 새록새록 발견하는 재미를 느끼며 산다.

일상을 둘러보면 사소하지만 신기하고 충만한 기쁨을 느낄 수 있는 것들이 많다. 하늘의 무지개를 보고도 심드렁한 사람이 있고 아이 같은 순수한 눈으로 처음 본 듯 신기하다며 탄성을 지르는 사람이 있다. 행복은 아주 짧은 찰나에 스쳐 지나가기 때문에 마음이 평온하면 행복에 대한 민감도가 올라가 더 강하게 자주 느낄 수 있다. 행복할 이유는 뷔페처럼 많지만, 그것을 발견하기는 쉽지 않다. 일상에 놓여 있는 행복을 우리는 보물찾기하듯 찾으려고 한다. 그것을 별 노력 없이 가장 쉽게 찾는 사람은 바로 아이들이다. 아이같이 평온한 마음과 순수한 눈으로 세상을 바라본다면 행복은 주변에 널려 있으니 접시에 뷔페 음식을 골라 담듯 주워 담기만 하면 된다.

사람이 꼭 무엇이 되어야 한다고 생각하지도 않고, 무엇이 되고야 말 겠다는 대단한 목표가 있지도 않다. 가고 싶은 길로 가다 보면 어딘가에 닿을 것이다. 그것이 꼭 어떤 정상에 도달하겠다는 마음도 아니다. 일상에서 아무 일도 일어나지 않는 것이 기적이라는 말처럼 평탄한 길이면 좋겠다. 그것이 현재 나의 자유의지이다. 어떻게 뚜렷한 목표도 없고 로드맵도 없냐고 할 수도 있겠지만 나에겐 이 방법이 맞다. 그렇다고 제자리걸음만 하지는 않을 것이다. 작은 성취를 이루고 나면 다음에 성취하고 싶은 작은 목표를 정하는 식이거나 어떤 때는 성취가 아니어도 괜찮다. 그저 무언가를 하고 싶은 그 마음이 식지 않고 뭉근하게 가고 싶다.

굳이 이렇게까지 하려는 이유는 연어가 모천을 찾아가듯이 내 본성을 찾아가려는 것이다. 인생의 선택권과 결정권을 내게로 가져오려는 것이다. 내 삶의 조건과 상황이 나를 밀어 넣어서 떠밀려왔음을 뒤늦게 깨달았다. 그냥 살아도 아무도 모르고 그런대로 잘 살았다고 할 수 있지만, 내가 알게 된 이상 모른 척하고 살 수가 없다.

단단한 성을 쌓아놓고 그 안에 갇혀 살고 싶지는 않다. 오십 대, 아니 그 이후라도 삶의 울타리를 낮추고 언제든지 열린 마음으로 배우고 성장하고 싶은 마음이다. 불꽃같이 화려하지는 않더라도 시들지 않는 마음으로 꾸준히 가고 싶다.

지금, 이 순간
피워내는 꽃

무인양품 창업자이자 디자인계의 거장인 하라 겐야는 "인생에서 지력과 체력이 절정에 달하는 때를 예순다섯 정도로 잡고 싶다."라며 인생의 피크는 65세라고 말한다. 이 말에 동의하는 사람도 있고 그렇지 않은 사람도 있을 것이다.

인생의 피크가 아직 오지 않았다고 생각한다면 그 사람에게는 더 올라가고 싶은 무언가가 있는 것이다. 피크를 지나서 내리막길이라고 생각하는 사람에게는 남은 인생이 내리막길이다. 인생을 등산이나 마라톤에 비유하면 굉장히 고난스럽게 느껴진다. 그래서 평탄하고 구불구불한 오솔 길을 따라 산책하듯이 간다고 생각하면 마음이 편안해진다.

하라 겐야 인터뷰 중 '행복을 정의한다면?'이란 질문에 '하고 싶은 일이 있는 상태'라는 짧고 굵은 답이 인상적이었다. 하고 싶은 일이 있다면 행복한 것이다. 가슴 뛰게 시간 가는 줄 모르고 하고 싶은 일이 있는지 생각해본다면, 나는 있다. 아직 해보고 싶은 일이 많다. 그것도 내 욕심이라면 욕심일 수 있다. 인생을 배움과 성장으로 채우고 싶은 것이 욕심이라고 한다면 한껏 욕심부리고 이기적으로 살고 싶다.

한때 인생의 목표가 행복이라고 생각하며 삶의 의미를 찾아 헤맨 적이 있다. 채워지지 않은 빈자리를 무엇으로 메꾸면 행복해질 수 있을까, 어떤 조건이 필요할까 생각했던 적도 있었다. 저것을 가지면 행복하겠지. 가져봐도 잠깐일 뿐 그리 오래 가지 않는다. 다른 것으로 눈을 돌려 소유해보지만, 그것도 그리 지속적인 만족감을 주지는 않는다. 그것이 채워지고 난 후에 찾아오는 허무와 허탈. 그것은 끝이 없는 것이다.

삶의 의미가 따로 있는 것이 아니며 행복은 어떤 결과로 얻어지는 것이 아니었다. 오히려 무엇을 위해 노력하는 과정이 행복이자 삶의 의미이다. 여행을 가면 행복할 것 같지만 사실 가장 행복할 때는 여행을 떠나기 직전까지이다. 막상 출발하고 나면 여행을 꿈꾸며 상상할 때와는 다른 허탈함에 당황하기도 한다.

행복과 불행이 있는 것이 아니라 행복하다고 생각하는 마음, 불행하다고 생각하는 마음이 있을 뿐이라고 한다. 행복이란 것이 어디에 파랑새처럼 존재하는 실체가 아니다. '바로 이것이 행복이다.' 하는 실체가 없다는 것을 알게 된 이후로는 행복을 좇지 않기로 했다. 실체가 없는 추상적인 단어라서 행복이란 단어도 잘 사용하지 않는다.

그냥 좋으면 되고 가끔 짜릿한 충만함이 스친다면 그것으로 충분하다. 캘리를 쓸 때 느껴지는 붓질이 좋으면 그것으로 충분하다. 책을 읽다 내가 듣고 싶은 말을 만나거나 내가 하고 싶었던 바로 그 말을 만나면 그것으로 충분하다. 내 삶이 가능할 때까지 배우고 성장하며 내 삶의 반경을 넓혀가며 느껴지는 충만함이면 된다. 바로 오늘 내가 하고 싶은 일을 하며 충만하고 감사하게 살아갈 뿐이다.

특별히 뭔가가 되고야 말겠다는 대단한 목표는 없다. 그리고 목표가 꼭 특별해야 할 이유도 없다고 생각한다. 평범한 보통의 것을 목표로 하면 안 되는 걸까. 요즘은 특별한 목표가 없다고 하면 무기력한 인간으로 보는 듯한데 나에겐 결과보다 과정이 더 중요하기 때문이다.

뭐가 되고야 말겠다는 결과적인 목표가 아니라 지금 하는 순간이 즐겁고 재미있고 만족스럽다면 그것만으로도 성취감을 느낀다. 글씨를 쓰고 있는 순간에 몰입해 있는 그 상태, 여행하면서 느끼는 대자연이나 이국적인 것으로부터 느껴지는 충만함, 타국의 식당에서 외국어로 음식을 주문해서 맛을 음미할 때의 묘한 성취감, 새로운 것을 경험할 때의 경이로

움, 그런 것들이 내 삶의 결에는 맞는 듯싶다.

천천히 가도 된다. 어떤 목적지에 꼭 닿지 않아도 된다. 일부러 감정을 절제하고 욕구를 억제하려는 것이 아니다. 크게 뭐 대단한 일을 하고 싶다는 욕심이 들지 않는다. 그렇다고 해서 이런 내 마음이 뭔가 대단히 잘못된 것이라고 생각하지 않는다. 나에겐 무척이나 자연스러운 삶의 결이며 마음이 흘러가는 대로 사는 삶이다. 다만 무언가에 몰입한 그 순간만은 대충하지 않는다. 내 능력의 백 퍼센트를 짜내지는 못하더라도 나 자신과 타협하는 선까지는 최대한 해내려고 한다.

인생에도 결이 있는 듯하다. 물이 계곡을 거쳐 강을 따라 흘러 바다로 나아가듯이 인생도 어떤 거스를 수 없는 자연과 우주의 원리를 따라 흘러간다는 생각이 들곤 한다. 그렇다고 그 흐름에 내맡긴 채 아무 의지 없이 살겠다는 것이 아니다. 그렇게만 산다면 나란 존재는 물 위에 둥둥 떠가는 나뭇잎과 다를 게 없지 않나.

삶에는 거부할 수 없는 큰 흐름이 있음을, 우주의 섭리가 존재함을 느낀다. 거기에 한 인간으로서의 나의 개입은 극히 미미함을 느낄 때가 있다. 내 노력만으로는 어쩔 수 없는 거대한 힘이 있으며 인간의 굳센 의지와 염원조차도 한낱 개미의 그것처럼 느껴질 때가 있다. 그럴 때는 거대한 흐름을 인정하고 삶의 결이 흘러가는 대로 내맡기는 것도 방법이다.

내가 지금 이 자리에 있는 이 순간도 알 수 없는 거대한 흐름 속에 흘러

가는 중일지 모른다. 잔잔하게 흐르다 잠시 소용돌이를 만날 수도 있고, 큰 바위를 만나 물길이 돌아갈 수도 있고, 물길이 갈라지는 지점도 있겠지만 확실한 건 그렇게 흘러 흘러 결국은 바다로 나아갈 거라는 믿음이다.

내가 왜 지금 여기에서 이렇게 이런 모습으로 이러고 있는지는 바다에 닿은 후에나 알 수 있다. 지나고 보니 그때 내가 거기쯤에 있었고 그래서 그러고 있었던 거구나 하고 말이다. 지금 나의 자리와 의미가 지금은 잘 보이지 않는다. 먼 훗날에야 알 수 있다. 과거의 나의 의미가 지금에서야 보이는 것처럼.

내 삶이 흘러가는 대로 모든 것을 내맡긴 채 무기력하게 손 놓고 아무것도 하지 않겠다는 것이 아니다. 내 삶의 결에 맞서지 않겠다, 그 안에서 내가 하고 싶은 것을 하겠다. 다음 생도 이번 생과 똑같이 살아도 괜찮다는 마음으로.

지금 이 순간은 영원히 반복된다는 니체의 '영원 회귀'는 현재가 얼마나 중요한지 역설적으로 강조하는 말이다. 내가 몰입해서 뭔가를 할 때 느껴지는 희열. 특히 그것이 내가 정말 좋아서 하는 일일 때는 시간의 흐름을 잊는다. 내가 하고 싶은 것이 있다는 사실, 그것을 할 수 있는 마음의 여유, 시간과 공간, 건강이 있음에 진심으로 감사한다. 나에게 주어진 삶을 끝까지 걸어갈 것이다.

그 길은 남들이 말하는 행복이 아닌 내가 선택하고 주체적으로 결정한 길이다. 그것이 아무리 하찮고 보잘것없어 보이는 일이더라도 괜찮다. 과거를 돌아보지 않고 미래를 근심하지 않으며 현재에 사는 것을 행복이라고 한다면 그렇게 살고 싶은 것이다.

어느 날 우연히 읽은 류시화의 「꽃의 결심」이라는 시에 내 마음이 그대로 담겨 있었다. '꽃은 피어도 죽고/피지 않아도 죽는다/…/끝까지 피었다 죽으리.' 꽃의 의미는 각자에게 다를 수 있다. 나에게 피는 꽃이란 내가 피우고 싶은 꽃이다.

우리의 생이 꽃이 피었다 지는 것이라면 어떤 꽃을 피우고 싶은가 하는 것은 각자의 선택이다. 크고 화려하고 아름다운 꽃이 있다면 소담스러운 풀꽃도 있고 길가에 코스모스도 있고 바위 틈을 비집고 자란 아담하고 굳센 꽃도 있다. 꽃은 때가 되면 피게 돼 있다. 때를 기다려야 한다. 나의 때가 언제인지는 나도 모르고 아무도 모른다. 그때가 지났을 수도 있고 뒤늦게 올 수도 있다.

어제 피우지 못한 꽃을 후회하지 않으며 내일 꽃을 못 피우면 어쩌나 걱정하지 않는다. 꽃 한 송이 못 피우고 죽으면 어쩌나 하는 쓸데없는 걱정도 하지 않으련다. 설레는 마음으로 시작하는 오십 대, 지금 이 순간 피워내는 꽃에만 집중하련다.